Helga Wiese · Die schöne Angeklagte

AF286690

DAS BUCH

Das Leben der Harriet Flint hätte ruhig seinen Lauf nehmen können. Wenn nicht eines Tages ein junger Kriminologe bei seinen Ermittlungen auf das seltene Gift »X/30« gestoßen wäre. Und damit auf die Aufklärung mehrerer Morde, die Jahre zurückliegen und deren Indizien die bezaubernde Arztfrau nun auf die Anklagebank rufen. Richter Mount sieht am 44. Verhandlungstag kaum mehr einen Ausweg, sie verurteilen zu müssen. Er rekonstruiert den Fall noch einmal bis ins Detail, um der Wahrheit näher zu kommen.

Ein Kriminalroman voller Verhängnisse, Verstrickungen und schicksalhafter Begegnungen, in deren Mittelpunkt die Liebe, das Leben sowie das Leiden zweier Frauen stehen, die sich unaufhaltsam aufeinander zubewegen und auf tragische Weise zu einer Person verschmelzen. Von England über Australien und Amerika führt die Spur zurück nach England. Eben zu der Angeklagten Harriet Flint, die behauptet, in Wirklichkeit Susan Rangsdorf zu sein. Und unschuldig! Wird Richter Mount sie freisprechen können?

Die Autorin

Helga Wiese stammt aus Schlesien. Nach der Flucht studierte die Tochter eines Arztes in Halle a. d. Saale Medizin und heiratete einen Augenarzt. Von der Autorin sind außerdem die Romane »Habe Dank«, »Die Liebe ist stark wie der Tod« und »Es war nur ein Lächeln« erschienen.

Dr. Wiese
Trauben-Str. 17
73630 Remshalden

Oktober 2001
© 2001 Helga Wiese
Satz und Layout: Buch & medi@ GmbH, München
Umschlaggestaltung: Kay Fretwurst
Herstellung: Books on Demand GmbH, Norderstedt
Printed in Germany · ISBN 3-8311-2424-8

Helga Wiese

Die schöne Angeklagte

Kriminalroman

INHALTSVERZEICHNIS

VORSPIEL

»Ich werde sie verurteilen müssen«, sagte Richter Mount fast traurig zu seiner netten, rundlichen Frau, als er am Morgen des 44. Verhandlungstages im Mordprozeß gegen Harriet Flint beim Frühstück saß.

»Nimm es dir nicht so zu Herzen, Mounty!«, entgegnete Mrs. Mount liebevoll und strich ihm zärtlich übers Haar.

»Das sagst du so einfach, meine Liebe«, gab Richter Mount nachdenklich zurück. »Diese Frau ist, ah, etwas Besonderes. Sehr wahrscheinlich ist sie ja doch schuldig, das sind meine Angeklagten fast immer. Aber in diesem Fall ... nein, wirklich, ich wünschte ...!«

»Ich denke, Mounty«, meinte Mrs. Mount begütigend, »du hast dich ein wenig in sie verliebt. Oder zumindest tut sie dir leid!«

»Natürlich!«, gab er zurück, fast wie ertappt. »Aber es ist auch schlimm. Der Verteidiger – ein lahmer Esel. Ihr Ehemann – ein widerlicher Schönling. Alle lassen sie im Stich. Nein, Violet, wenn nicht ein Wunder geschieht, ist sie verloren!«

»Dann hoffen wir auf ein Wunder, Mounty!«,

besänftigte ihn Violet. Er strich ihr übers Haar. Seine Violet – klein, rundlich, zerknittert und so lieb. ›Sie paßt zu mir‹, dachte Richter Mount, ›klein, rundlich, zerknittert.‹ Dann war er im Gerichtssaal. Es war wie immer. Die Angeklagte saß, scheinbar teilnahmslos, zusammengesunken auf ihrem Platz. Blaß, zierlich, unglücklich, jung, bildhübsch, mit goldblondem Haar und großen, erschrockenen blauen Augen. Unverwandt blickte sie zur ersten Zeugenbank zu ihrem Ehemann, »dem widerlichen Schönling«, wie Richter Mount ihn nannte. Und wieder war alles wie jeden Tag. Dr. Antony Flint, der große, elegante, berühmte Nervenarzt sah weg. Ja, er würdigte seine Frau keines Blickes. Als ginge ihn das ganze Spektakel um die Anklage gegen seine Frau nichts mehr an.

›Dabei‹, dachte Richter Mount grimmig, ›geht es hier um Leben und Tod.‹ Wieder fühlte der Richter sich wie ertappt; er mochte Dr. Flint nicht, er mochte überhaupt keine schönen großen Männer und diesen hier schon gar nicht.

So, jetzt kamen die Geschworenen zurück. Der Richter seufzte. Violets Wunder ließ auf sich warten. Die Anwesenden im Saal erhoben sich, um das Urteil zu hören.

»Harriet Flint«, sagte der Richter, und seine Stimme drang an ihre Ohren, wie die Stimme des jüngsten Gerichtes.»Harriet Flint, haben Sie noch etwas zu sagen?«

Es war totenstill im Saal.

Die blonde junge Frau stand auf, mit letzter Kraft. »Ich bin unschuldig!«, stieß sie hervor. »Ich bin nicht Harriet Flint!«

»Angeklagte«, sagte der Richter seufzend, »mit dieser konfusen Story haben Sie das Gericht wochenlang zum Narren gehalten. Es reicht! Auch meine Geduld ist jetzt erschöpft.« ›Leider‹, setzte er im Stillen zu sich hinzu. »Harriet Flint, die Geschworenen haben Sie einstimmig für schuldig befunden. Des Mordes an Ihrem Vater, William Stone, und an Ihrem ersten Ehemann, John Brown. Sie werden verurteilt …«. Weiter kam er nicht.

›Das Wunder, Violets Wunder‹, fuhr es ihm durch den Kopf, als die Saaltür heftig aufgerissen wurde und der Saaldiener, ziemlich außer Atem, auf ihn zulief.

»Verzeihung, Euer Ehren, diese beiden Männer hier, sie ließen sich nicht abwehren!«

Der Richter blickte fast erfreut über diese hochwillkommene Abwechslung auf und sah zwei ganz unscheinbare, einfach gekleidete, mittelgroße Männer auf sich zukommen. Und doch, diese beiden unscheinbaren Eindringlinge sollten möglicherweise das Schicksal der Angeklagten wenden. Die blasse junge Frau auf der Anklagebank war aufgesprungen. ›Endlich sieht sie nicht mehr nur ihren Mann an‹, fuhr es dem Richter grimmig durch den Kopf, ›endlich wehrt sie sich, endlich nimmt sie Anteil.‹

»Richard!«, rief sie, »mein Bruder!« Dann brach sie weinend in sich zusammen.

Der unscheinbare Mann vor dem Richterstuhl aber sprach: »Gestatten, Euer Ehren, Dr. Richard Rangsdorf, Rechtsanwalt. Die Angeklagte ist meine Schwester!«

Die Reaktion auf diese Worte war vielfältig. Plötzlich herrschte ein ungeheurer Tumult im Saal. Die Angeklagte selbst bemerkte davon nichts. Sie war offensichtlich ohnmächtig. Ihr Mann aber, der Schönling, sah auf einmal nicht mehr so selbstsicher und unbeteiligt aus, stellte Richter Mount zufrieden bei sich fest. Vielleicht auf Grund der Tatsache, daß er den zweiten Mann, den Begleiter des jungen Rechtsanwaltes, kannte. Es war sein ehemaliger Assistent, Dr. Grant, den er vor Jahren fristlos entlassen hatte. Nachdem einigermaßen Ruhe im Saal geschaffen war, wurde die Verhandlung vertagt. Die Angeklagte wurde zurück in ihre Zelle gebracht. Der Richter aber hörte sich geduldig an, was ihm die beiden Neuankömmlinge zu erzählen hatten.

Er schloß die Augen, er ließ alles noch einmal vor seinem geistigen Auge vorbeiziehen. Den ganzen schrecklichen Prozeßablauf. Und plötzlich wurde ihm bewußt, daß – um Gottes Willen –, wenn das alles stimmte, was die beiden ihm da erzählten, es möglicherweise einen dritten Mord gab! Und den hatte dann die Angeklagte mit an Sicherheit grenzender Wahrscheinlichkeit begangen. ›Was änderte sich dann für sie? Was sollte dann so ein Wunder, Violet?‹, dachte er im Stillen. Er war ziemlich erschöpft, als er am Abend dieses ereignisreichen Tages nach Hause zurückkehrte. Er nahm noch einmal die Akten zur Hand und las die Geschichte ganz von vorn.

Er würde alles noch einmal lesen, ganz langsam, mit Bedacht; vielleicht hatte man doch irgend etwas übersehen, irgendeine Spur?

Nach Australien

Im Frühjahr 1912 ging ein junges, frischvermähltes Ehepaar in England an Bord der Queen Mary mit Kurs auf Australien. Es waren der junge Pastor William Stone aus London und seine erst 17 Jahre alte, hübsche, blonde Frau Charlotte, geborene Rangsdorf, aus Deutschland. Pastor William war ein schöner Mann. Groß und gut gewachsen, mit brandrotem Haar und hellblauen, gütigen Augen. Er sah sehr glücklich aus. Eben wie ein Mann, der viel mehr bekommen hatte, als er es sich im Entferntesten erträumen konnte.

Kein Wunder, der junge Anwalt am Kai, Charlottes Bruder, Dr. Ludwig Rangsdorf, hatte ihm soeben Charlottes Mitgift überreicht, eine Mitgift in schwindelnder Höhe. Als Folge der erfreulichen Tatsache, daß Charlottes Eltern, die Rangsdorfs aus Peterstal in Schlesien, vermutlich die reichste Familie Europas waren. Den Reichtum hatte dereinst eine Urahne, eine orientalische Prinzessin, mit in die Ehe gebracht. Das adlige Aussehen aber, das Vornehme, Besondere, den schlanken, hohen Wuchs, das goldblonde Haar, die blauen Augen – all das hatte Charlotte von ihrer Mutter geerbt.

Von ihrer Mutter Viktoria, der geborenen Gräfin Schmettow. Von den Schmettows stammte auch der wunderschöne Wappenring, den nun auch ihr Mann, der so liebe, aber arme Pater Stone, als Ehering trug. Diese beiden also, William und Charlotte Stone, wanderten nach Australien aus. Und vor ihnen lag – auf Grund des vielen Geldes – eine glückliche und sorglose Zukunft.

»Keine Sorge um Charlotte«, meinte daher auch der junge Rangsdorf nach seiner Rückkehr nach Deutschland zu seinen besorgten Eltern. »Sie brauchen nur ihr Geld gut anzulegen und können Kinder bekommen, soviel sie wollen. Und außerdem: Es ist die ganz große Liebe. Da war ohnehin nichts zu machen!«

Ja gut, die alten Eltern sahen es ein. Und außerdem hatten sie ja insgesamt zwölf Kinder. Da gab es ständig neue Probleme. Mit weiteren fünf Töchtern, die heiraten wollten und sechs Söhnen, die studieren wollten. Nur, warum ausgerechnet nach Australien? Es war doch am anderen Ende der Welt!

Dort aber, am anderen Ende der Welt, lebten die beiden Auswanderer sich überraschend schnell in ihrem kleinen Pfarrhaus in Little-Town, nicht weit von Sydney entfernt, ein. Sie waren klug genug, ein einfaches, bescheidenes Haus zu nehmen und ihren Reichtum nicht zu zeigen. Freilich mußte an das Holzhaus im Lauf der Jahre mehrfach angebaut werden, da sich in den nächsten Jahren pünktlich ein Sohn nach dem anderen einstellte. Lauter rothaarige Jungen. Sie sahen eigentlich alle gleich aus. Und alle waren das Ebenbild des glücklichen Vaters. So vergingen acht Jahre, und die junge Mrs. Stone hatte mit kaum 25 Jahren acht Kinder.

Eine Tatsache, die ihr kaum Zeit ließ, die Ereignisse in ihrer alten Heimat zu verfolgen. Dort hatte der erste Weltkrieg ihrem Vater und fünf ihrer Brüder das Leben gekostet. Die Schwestern waren in England und Polen verheiratet, eine Schwester in Amerika verschollen. Hier in Little-Town war das Leben gleichmäßig ruhig und freundlich, beständig; so beständig, wie die eintönige Brandung des Meeres, nur zweihundert Meter vom Haus der Stones entfernt.

Und so vergingen die Lebensjahre dieser Menschen in ruhigem Gleichmaß. Bis zu dem Tag kurz vor der Silberhochzeit, an dem Unruhe über die Stones kam.

Es begann damit, daß Charlotte eines Sonntag morgens nicht wie gewohnt aufstehen konnte, um ihrem Mann vor dem Gottesdienst das Frühstück zu richten. Die Söhne waren alle erwachsen und alle Pastoren, wie ihr Vater. Die nähere und weitere

Umgebung von Sydney wurde ausschließlich von den Stones betreut.

»Ich kann meine Beine nicht bewegen, William!«, klagte die Pastorenfrau.

Tief verstört rief Pastor Stone einen seiner Söhne an, damit er den Gottesdienst übernehme. Er selbst aber bemühte sich, einen Arzt zu holen. Ein schweres Unterfangen, denn es gab nur einen in Sydney. Sie hatten ihn nie gebraucht. Die Kinder waren sozusagen von selbst gekommen, und in all den Jahren war nie einer von ihnen krank gewesen. Aber jetzt war Charlotte offensichtlich krank. Schwer krank. Endlich brachte der Pastor mit Hilfe zweier Nachbarn seine Frau mit dem Pferdewagen ins Krankenhaus nach Sydney. Er wartete stundenlang. Die Nachricht war niederschmetternd.

»Pastor Stone«, sagte der alte weißhaarige Arzt in ernstem Ton zu ihm, »Ihre Frau ist noch einmal schwanger. Aber ...«, fuhr er hastig fort, »das ist nicht das Problem. Obgleich, die letzte Geburt ist 19 Jahre her, sie ist nicht mehr die jüngste! Das Problem ist viel schwerwiegender, Pastor Stone, sie hat Krebs! Brustkrebs mit Wirbelmetastasen, daher die Lähmung der Beine.«

»Um Gottes Willen, Doktor! Warum hat sie mir nichts gesagt? Diese Schwangerschaft, sie muß es doch gewußt haben!«

»Möglicherweise hat sie es gewußt, aber sie wollte

es nicht wahrhaben. Sehen Sie, Mr. Stone, sie ist schon im sechsten Monat. In vier bis sechs Wochen –. Ihre Frau ist ohnehin nicht mehr zu retten. Überall Metastasen, selbst in der Lunge und im Gehirn.«

»Mein Gott!«, sagte der Pastor. Was sollte er auch sonst sagen. Ganz für sich stellte er fest, daß es auch für einen unmittelbaren Diener des Herrn nicht leicht war, sich in eine solche Situation zu fügen. Ihm blieb nur, jede freie Minute bei seiner Charlotte zu bleiben und ihre Hand zu halten, die immer kleiner und immer magerer wurde. Der Aufenthalt in der Klinik kostete viel Geld. Die Stones hatten es und niemand fragte, woher und wieso. Die acht Söhne kamen mit ihren Frauen und ihren Kindern, um ihre Mutter noch einmal zu sehen.

Charlotte hoffte bis zuletzt, daß der Arzt sich irrte. ›Wenn das Kind erst da ist‹, so dachte sie, ›dann werde ich vielleicht wieder gesund.‹ Sie durfte es erleben, sie durfte das Kind sehen! Ein winziges blondes Mädchen, nur dreieinhalb Pfund.

»Eine Frühgeburt, kaum Chancen zu überleben!«, sagte der Arzt.

Man schrieb den 1. Juli 1938. Aber Charlotte war überglücklich.

»Nenne sie Harriet!«, sagte sie zu ihrem Mann. »Und gib gut acht auf sie. Sie ist kostbar. Ich danke dir für alles, William!« Das waren ihre letzten Worte.

DIE FLUCHT NACH AMERIKA – 1954

Die junge Harriet Stone wollte zur Gesangsstunde. Sie war 16 Jahre, wunderbar gewachsen, goldblond, mit großen blauen Augen unter langen, blonden Wimpern. Das Ebenbild ihrer schönen Mutter. Nur das Sanfte, das Gütige, das Liebe, das fehlte ihr. Harriet war ungestüm, unruhig, ungeduldig. Ihr Vater, der Pastor Stone – jetzt ganz grau und auch ein wenig älter – machte sich Sorgen um seine Tochter. Woher hatte sie das Ungestüme? War es der Einfluß der eingeborenen Ziehmutter, die das mutterlose Kind gestillt und gepflegt hatte? Oder kam hier ein altes Ahnenerbe ans Licht? Bei keinem seiner Söhne hatte es Probleme gegeben. Andererseits, ein so reizendes weibliches Wesen im Haus stellte auf Dauer eine gewisse Beunruhigung für einen Mann dar, der seit 16 Jahren Witwer war! Nein, so konnte das nicht weitergehen. Sie gehorchte ihm nicht. Sie wußte ganz genau, welcher Reiz, welcher Zauber von ihr ausging. Er würde sich wieder verheiraten. Und seine Tochter, sobald sie 17 war.

Der Pastor aus Longville hatte schon zweimal

angefragt. Und er selbst? Pastor Stone dachte mit Wohlwollen an die Witwe eines Amtsbruders in Countvalley, nur drei Meilen entfernt. Man würde sehen.

»Vater, ich gehe!«, rief Harriet ungeduldig. »Der Kaffee steht auf dem Tisch.«

»So komm doch, mein Kind. Trink mit mir eine Tasse Kaffee, du hast Zeit genug«, entgegnete der Pastor begütigend. Und tatsächlich, sie kam. Aber nur, um ihn unvermittelt heftig zu umarmen. Er glaubte, Tränen in ihren Augen zu sehen.

Sie trug ein Kleid ihrer Mutter. Natürlich, sie hatte nie ein anderes gehabt. Die Schränke waren ja voll. Es paßte ihr hervorragend. Modern oder nicht, danach fragte hier niemand. Jeder trug, was ihm gefiel. Die Sitten lockerten sich überhaupt bedenklich.

»Komm pünktlich zurück, mein Kind«, sagte der Vater begütigend. Ach, seine Kleine, sie hatte wohl auch ihre Probleme.

»Hast du Kummer, mein Herzchen?«

»Nein, nein, Vater!«

Schon wirbelte sie hinaus. Sie winkte ihm noch. Die Tasche freilich, die sie für die Gesangsstunde mitnahm, erschien ihm reichlich groß.

›Ja‹, dachte er, während er den guten starken Kaffee trank, ›das Unstete muß ein Ende haben. Ich werde sie verheiraten.‹ Dann dachte er noch einmal an jene nette Witwe seines Amtsbruders. Es waren wohl recht angenehme Gedanken, und der Glanz von einem erhofften stillen Glück blieb auf seinem ruhigen Gesicht zurück.

Harriet aber hatte es brennend eilig. Sie lief, so schnell sie konnte. Den Bus wagte sie nicht zu nehmen, man hätte sie gesehen. Es gab immer irgendwelche Leute, die später irgend etwas erzählten.

Das Schiff im Hafen tutete ungeduldig, schon zum zweiten Mal. Es war abermals die Queen Mary, die diesmal nach Amerika ablegen wollte, als das junge Mädchen atemlos über die Laufbrücke lief. Der Steward am Eingang wollte ihr den Eingang verwehren.

»Sie dürfen hier nicht rein, Miss«, sagte er einigermaßen freundlich, aber bestimmt.

Sie aber riß sich los, stürmte an ihm vorbei, direkt in die Arme eines großen, eleganten Mannes mit schon grauem Haar, der dort an Bord bereits auf sie gewartet hatte. Der Mann nahm ihr die Tasche ab, legte seinen Arm um ihre Schulter und führte das junge Mädchen an dem überraschten Steward vorbei, direkt in seine Kabine. Für Harriet versank die Welt.

»John«, flüsterte sie zärtlich. »Ach, John!«

Es war nicht das erste Mal, daß sie hier so vertraut, so ganz ohne Scheu mit ihm ging. Schon seit zwei Monaten war sie jede Woche zweimal in seinem Hotel in Sydney gewesen, immer nach der Gesangsstunde. Und schon beim ersten Mal wurde sie seine Geliebte. Er hatte ihre Stimme rein zufällig vor dem Haus der Gesangslehrerin durchs offene Fenster gehört. Sie sang so wundervoll, es war eine Arie der Butterfly. Er war fasziniert. Er wartete, bis die Sängerin herauskam.

Für den eleganten, erfahrenen Geschäftsmann aus Amerika war es eine Kleinigkeit, das unerfahrene, bildhübsche junge Mädchen für seine Pläne einzunehmen. Und sie war geschmeichelt und hingerissen. Er war so elegant, so sicher, so freundlich. Er schenkte ihr so unglaublich schöne Dinge. Es schmeichelte ihr, daß er sie nach der nächsten Gesangsstunde abholte.

Er sah, daß er Erfolg hatte. Sie war verliebt, blind verliebt! Nein, es war nicht schwer, sie zu überreden, mit ihm in sein elegantes Hotelzimmer zu kommen. Dort stellte er alsbald fest, daß sie zwar blutjung und unerfahren, dafür aber ein einmaliges Naturtalent in Sachen Liebe war. Sie blühte förmlich auf in seinen Armen. So hatte es angefangen, und damit war es um Harriet geschehen.

Für sie gab es nichts mehr auf der Welt, außer Mr. John Brown. Sie konnte die Schulstunden, die Abende zu Hause mit ihrem Vater kaum mehr ertragen. Ruhelos, rastlos wartete sie auf den nächsten Dienstag, auf den nächsten Freitag, auf die nächsten Gesangsstunden. Mr. Brown zog ihr zuliebe mehrfach in andere Hotels. Sie war minderjährig, man mußte vorsichtig sein. Nur ja kein Aufsehen!

Dann hatte er ihr jenes Fläschchen gegeben ... »Harriet, mein Engel«, sagte John Brown leichthin, als sie im teuersten Hotel in seiner Suite bei ihm weilte, »morgen reise ich zurück nach Amerika. Nein, erschrick nicht, ich nehme dich mit. Wir heiraten auf dem Schiff, es gehört mir. Der Kapitän wird tun, was ich will!«

»Ich bin noch nicht einmal 17!«, schluchzte Harriet. »Und mein Vater – mein Vater wird mich niemals gehen lassen!«

»Ich habe einen neuen Paß für dich, meine Geliebte. Und für deinen Vater – sieh hier, diese Tropfen, sie sind ganz harmlos. Gib ihm 20 Tropfen. Am besten in ganz starkem Kaffee oder Rotwein. Keine Sorge, er schläft fest und gut. Inzwischen sind wir auf hoher See und verheiratet!«

Und so war es geschehen. Sie hatte es geschafft. Alles lag hinter ihr, und sie lag in der Luxuskabine in seinen Armen. Sie war so glücklich. Nein, sie bereute nichts, sie dachte nicht zurück. In ihrer Kabine, neben seiner, fand sie wunderbare Abendkleider. Sie wählte ein weißes, tiefausgeschnittenes, mit Perlen bestickt, dazu goldene Sandalen mit hohen Absätzen. Das goldene Haar kämmte sie hoch und sie befestigte es mit einem straßbesetzten Kamm. So stand sie vor ihm.

»Märchenhaft!«, sagte John Brown. »Ich bete dich an. Du bist bezaubernd schön!«

Und zu diesem Zeitpunkt meinte er es vermutlich auch ehrlich. Aber schon als er ihr den Perlenring ansteckte und das glitzernde Halsband umlegte, dachte er an sein Geschäft: eine Nachtclubkette in Kalifornien. Und was er mit so einer Frau als Sängerin und Tänzerin, die noch dazu seine Ehefrau war und keine Gage verlangte, noch an weiteren Millionen zu seinem Vermögen dazuverdienen könnte!

Von solchen Gedanken freilich wußte die junge Harriet vorerst nichts. Noch nichts! Auf hoher See wurde die Trauung durch den Kapitän vorgenommen. Fragen wurden nicht gestellt, zwei Funksprüche der Hafenpolizei blieben unbeantwortet. Während des Dinners im eleganten Speisesaal bemerkte Harriet, daß ein Ohrring fehlte.

»Ich möchte ihn aus der Kabine holen, Mr. Brown«, sagte sie schelmisch zu ihrem Mann.

Er schmunzelte. Sie war bezaubernd. Er mochte es ganz gern, daß sie ihn nicht »John« nannte. So hatten ihn seine fünf Geliebten jeweils bis zur völligen Erschöpfung genannt. Er genoß es sichtlich, daß Harriet so ganz anders war. Allerdings bemühte er sich sorgfältig, Post und Zeitungen, die an Bord kamen – da sie noch immer in erreichbarer Nähe der Küste fuhren –, vor der jungen Frau fernzuhalten. Immerhin suchte man sie bereits in Sydney, und man hatte auch ihren Vater gefunden. Nein, das durfte sie vorerst nicht erfahren.

Auf dem Weg zur Kabine stand plötzlich der junge Steward vor Harriet. »Nicht so eilig, Kleine«, sagte er, unverschämt lächelnd. »Ich weiß verschiedenes von dir.«

›Was fällt Ihnen ein‹, wollte sie sagen, ›ich rufe meinen Mann!‹ Aber da war etwas Besonderes in seinem Blick, etwas Drohendes! Harriet wünschte sich plötzlich zurück in die Geborgenheit des Pfarrhauses in Little-Town. Der Junge ließ ihr keine Zeit zum Nachdenken.

»Du bist minderjährig und fortgelaufen. Deine Ehe ist ungültig!«

»Was willst du?«, fragte sie erschrocken. »Willst du Geld?«

Aber der Junge lachte noch unverschämter.

»Dich will ich, kleine Miss! Und zwar hier! In dieser Luxuskabine. Komm schon, zier dich nicht!«

War es die Angst oder der viele Wein, den sie schon getrunken hatte? Oder die Tatsache, daß er zwar ein frecher, aber bildhübscher Kerl war? Noch dazu jung, fast so jung, wie sie selbst. Es geschah eben, nahezu ohne Gegenwehr.

Als er hinausschlüpfte aus der Luxuskabine, flüsterte er ihr ins Ohr:»Du bist wunderbar, Kleine! Jeden Abend um dieselbe Zeit, verstehst du? Ich warte!«

Harriet kühlte ihr brennendes Gesicht in ihrer Kabine. Mein Gott, wenn Mr. Brown es bemerkte! Der Junge war eine Gefahr. Ziemlich erregt, aber eher noch hübscher als zuvor, kehrte sie an den Dinnertisch zurück. Der Kapitän und Mr. Brown tanzten abwechselnd an Deck mit ihr. Aber sie war verstört. Ängstlich blickte sie zu den Kabinen, wo der Steward zu vermuten war. Die Gäste der 1. Klasse schlenderten jetzt ebenfalls an Deck.

»Oh, komm, meine Liebe«, sagte Mr. Brown zärtlich,»sing uns doch ein Lied! Vielleicht«, fügte er hinzu,»das Lied der Butterfly. Du erinnerst dich?«

Natürlich, sie erinnerte sich. So hatte sie angefangen, die Romanze mit Mr. Brown. Harriet war gleich bereit. Ein paar Worte wurden mit dem Kapellmeister gewechselt, und schon stand sie da in ihrem schönen weißen Abendkleid, geschmückt mit Mr. Browns Brillanten, mit Angst und mit Zorn im Herzen und sang die Arie der Butterfly. Es gab rauschenden Beifall. Harriet aber hatte Tränen in den Augen, als Mr. Brown ihre Hand nach dem Lied küßte.

»Du bist müde, mein Liebling!«, sagte er zärtlich.

»Geh schon zu Bett, ich werde dich später wecken, wenn ich komme.«

Oh ja, schlafen, allein sein, alles vergessen – das wollte sie gern. Erleichtert eilte sie zu ihrer Kabine. Die Kapelle spielte eine eingängige Tanzmusik. Am Ende des Zwischendecks aber sah sie den Jungen. Er saß auf der Brüstung. Hätte er den Mund gehalten, hätte sie ihn vermutlich nicht einmal bemerkt, so voll von Tränen waren ihre Augen.

»Wunderbar, meine Kleine, auf morgen!«, sagte er grinsend.

Das war zuviel. Sie sprang ihn an, versetzte ihm eine Ohrfeige, einen Stoß vor die Brust. Da, der zweite Schlag traf schon ins Leere.

Er stürzte rückwärts hinunter ins Wasser. Harriet rannte weg, sie hielt sich die Ohren zu. So hörte nicht einmal sie seinen letzten verzweifelten Schrei! Das Schiff war in voller Fahrt auf hoher See. Niemand hatte den Sturz bemerkt, er hatte keine Chance. Die weitere Fahrt verlief ohne Zwischenfälle.

Nachtclubleben – 1960

Spät am Nachmittag erwachte Harriet Brown im luxuriösen Schlafzimmer ihres weißen Bungalows am Strand von Santa Barbara. Es war immer noch brütend heiß, ihr Kopf war sehr schwer, ihr war immer noch übel. Aber es mußte gehen. In zwei Stunden war ihr Auftritt im Nachtclub. Wie jeden Abend, wie jede Nacht. Der allabendliche Auftritt der jungen, schönen Frau mit dem goldenen Haar und der Stimme einer Glocke war täglich aufs neue eine Touristenattraktion. Der Umsatz des Geschäftes stieg erfreulich, es kam bestes Publikum. Zahlungsfähig. Für jeden Geschmack wurde etwas geboten. Vorne, im hocheleganten Foyer, sang und tanzte Mrs. Brown. In den hinteren Räumen bemühten sich die angestellten Damen um die Gäste.

Mr. Brown war sehr zufrieden und dementsprechend auch gleichmäßig freundlich und großzügig zu seiner jungen Frau. Er überhörte geflissentlich ihre gelegentlichen Zornesausbrüche, insbesondere, wenn die gutzahlenden Gäste ihr zuweilen zu nahe kamen. Was war schon dabei? Sie sollte sich nicht so haben. Aber heute, nein, heute konnte sie nicht.

An dieser Stelle unterbrach der Richter seine Lektüre. Er nahm die goldene Brille ab und rieb nachdenklich seine müden Augen.

›Nun‹, dachte er, ›sie wird langsam erwachsen und erkennt, an was für einen Mistkerl sie geraten ist. Kein Wunder, daß sich hier so langsam der nächste Mord anbahnt! Irgendwie verständlich, geradezu einfühlbar.‹ Aber was mochte inzwischen jene andere treiben, jene Susan Rangsdorf, die unbekannte Kusine, die die Angeklagte zu sein behauptete? Mal sehen ... oh ja, da waren die Papiere. Nun, er war etwas enttäuscht. Diese Susan Rangsdorf war zu diesem Zeitpunkt erst zwölf Jahre alt und lebte in recht bescheidenen Verhältnissen bei einer Verwandten ihrer verstorbenen Mutter in London.

So, so, auch der Vater war tot. Offenbar ein Sohn jenes hoffnungsvollen Anwalts Rangsdorf, der damals, 1913, Charlotte und William Stone bei ihrer Ausreise nach Australien zum Schiff geleitete. Zwei Weltkriege hatten den Reichtum dieser Familie offensichtlich kläglich gemindert. Außerdem waren die Nachfahren in alle Winde verstreut. Strandgut der Kriege! Nein, über diese junge Susan Rangsdorf gab es zu diesem Zeitpunkt kaum etwas zu sagen.

Außer, daß sie auf Fotografien jener Mrs. Flint, die hier vor Gericht stand, schon sehr ähnlich war.

Ja, es war dasselbe Gesicht! Nur eben ganz jung, noch kindlich. Wie, ja, wie eine Rosenknospe, die noch nicht aufgeblüht ist. Mein Gott ..., er fühlte einen Stich in seinem Herzen. Er mochte sie sehr. Eine gewisse Hoffnung war ja mit ihrem Bruder aufgetaucht, diesem Dr. Rangsdorf aus Deutschland. Er hatte die Angeklagte als seine Schwester Susan bezeichnet.

Aber – der Richter wiegte wieder verzweifelnd seinen Kopf – das war einer gegen acht! Die acht Stone-Pastoren aus Australien hatten die Angeklagte als ihre Schwester Harriet erkannt! Nichts zu machen.

›Ich werde doch weiterlesen müssen‹, dachte Richter Mount müde. Bisher stand nur fest, daß es zwei unbekannte Kusinen gab, die sich offenbar sehr ähnlich waren, und deren Lebenspfade sich unaufhaltsam aufeinander zubewegten. Von recht entfernten Winkeln der Erde zwar, aber zielstrebig, unaufhaltsam wie Schicksalssterne. Nach einer Tasse Tee und einer weiteren Zigarre las er weiter.

Zurück also zu dieser jungen Mrs. Brown, die sich heute so gar nicht wohlfühlte.

»John, Mr. Brown«, rief sie mit kläglicher Stimme. Er steckte den Kopf durch die Tür.

»Du bist noch nicht fertig«, sagte er erschrocken, »du mußt gleich auftreten! Was fehlt dir, meine

Liebe«, setzte er freundlich hinzu, als er sah, wie blaß und elend sie aussah.

»Mir geht es nicht gut!«, klagte sie. »Schon wochenlang.«

Er setzte sich zu ihr.

»Harriet«, sagte er beruhigend, »nur noch heute. Liebste, komm, reiß dich zusammen! Du weißt, ich erwarte wichtige Gäste heute abend. Ein ganz großer Abschluß für das Geschäft, verstehst du?« Besorgt musterte er sie von der Seite. Natürlich, ihre Figur hatte sich verändert. Sein Verdacht stimmte! Er biß sich auf die Lippen.

»Komm, Harriet«, sagte er so freundlich wie möglich, »nimm diese Nerventabletten und diese Tropfen. Dr. Jesse hat sie mir für dich gegeben. Dir wird gleich besser.«

»Dieser Quacksalber!«, sagte sie verächtlich. Aber sie trank das eisgekühlte Glas Sekt mit den Tropfen in einem Zuge leer. Es stimmte, es ging ihr gleich besser.

»Entschuldige, Mr. Brown«, sagte sie matt, »ich bin gleich fertig!« Sie hielt sich tapfer. Sie sah blendend aus und sang schöner denn je.

Dann aber, gegen Mitternacht, ließ beim Tanzen die Wirkung der Tropfen nach. Ihr wurde wieder übel. Aber jetzt war es nicht mehr so schlimm, der Abend war gelaufen. Harriet schlüpfte aus der Hintertür, um zu ihrem Bungalow hinüberzulaufen. Da stand Dr. Jesse,»der Quacksalber«, wie sie ihn genannt hatte.

»Hallo, Mrs. Brown, Sie haben wunderbar gesungen. Sie sehen blaß aus. Ihr Mann bat mich, Sie in meine Klinik zu bringen. Wir wollen doch nur Ihr bestes!«

»Morgen, Dr. Jesse!«, sagte sie kalt.»Ich bin müde!«

»Oh nein, Mrs. Brown«, widersprach er,»für solch einen Eingriff ist es nachts viel besser. Auch nicht so heiß.« ›Und viel sicherer‹, hätte er fast gesagt. Aber er hielt schnell seinen Mund.

Harriet sah ihn mißtrauisch an. Sie mochte ihn nicht. Er war klein, dunkel, von feiner, geschmeidiger Gestalt. Sein Haar war pechschwarz, schwarz waren auch seine melancholischen Augen. Seine Hände waren fein und schmal. ›Wie bei einer Frau‹, dachte Harriet. Sie kannte seine Hände, sie haßte seine Hände. Oft genug hatte er beim Tanzen ihren bloßen Rücken gestreichelt und einmal – aber nein, es war schon wieder eine Weile her. Er gehörte eben auch zu den Männern, die zuweilen zu weit gingen!

»Ich hoffe«, sagte sie kalt,»Sie benehmen sich nicht, wie Sie es schon taten!«

Er wehrte erschrocken, ja fast schon beleidigt ab. Aber dann hatte er plötzlich eine Spritze in der Hand.

»Es muß sein, Harriet!«, sagte er entschuldigend. »Wir wollen doch kein Aufsehen, nicht wahr? Es verdirbt das Geschäft!«

Willenlos ließ sie sich in sein Auto schieben. In der Klinik jedoch, kurz vor der eigentlichen Narkose, wachte sie wieder ein wenig auf. Sie hörte leise flüsternde Stimmen. Aber ja, natürlich, es war Mr. Brown.

»Mach reinen Tisch, Jesse«, sagte er drohend, »und gleich für immer. Es ist deine Schuld. Von mir kann das Kind nicht sein, das weißt du!«

»Es ist ein verstümmelnder Eingriff!«, hörte sie die Stimme von Dr. Jesse sagen. »Sie ist jung, sie wird nie wieder ein Kind bekommen können. Und du bist zwanzig Jahre älter. Wenn sie je wieder heiraten will?«

»Was soll's!«, erwiderte Mr. Brown grob. »Auch wenn sie kein Kind haben wird, erbt sie zehn Millionen Dollar, wenn ich ins Gras beißen sollte. Damit kann sie jeden Mann kaufen!«

Harriet wollte schreien: ›Hilf mir, John! Mr. Brown, hilf mir!‹

Aber es war nur ein leises Stöhnen. Das Narkosemittel wirkte. Als sie erwachte, lag sie zu Hause in ihrem schönen, gepflegten Schlafzimmer. War es wohl doch nur ein böser Traum? Erstaunt stellte sie fest, daß die Übelkeit weg war. Sie fühlte sich ausgeruht und unglaublich hungrig. Aber beim Aufstehen wurde ihr schwindelig. Sie wäre fast gefallen. Schon eilte eine Pflegerin herbei. Harriet hatte sie vorher gar nicht bemerkt.

»Sie müssen liegenbleiben, Mrs. Brown«, sagte die Schwester ängstlich. »Sonst gibt es Komplikationen! Oh, ich habe gleich gesagt, Dr. Jesse soll sie in der Klinik behalten. Er wollte es nicht, es sei nicht gut für ihr Geschäft. Und auch wegen dem Gerede.«

»Was meinen Sie, Schwester?«, fragte Harriet verstört. »Was ist eigentlich passiert?«

»Nun, Sie ließen doch letzte Nacht wegen der Schwangerschaft einen Eingriff ausführen ...kann ich ja verstehen bei Ihrem Beruf, obgleich ... ich finde, eine Totaloperation mit 22 Jahren wäre nicht notwendig gewesen. Hoffentlich bereuen Sie es später nicht! Sie können nie wieder ein Kind bekommen!«

Erschrocken schwieg die Schwester, als sie das schneeweiße Gesicht ihrer Patientin sah.

»Schwester«, stammelte Harriet, »das wußte ich nicht!«

Sie umklammerte das Handgelenk der verstörten Pflegerin.

»Hat mein Mann es gewußt?«

Die Schwester begann zu weinen. »Ich hätte den Mund halten sollen. Ich werde meine Stellung verlieren! Oh, hätte ich nur den Mund gehalten!«

»Sie brauchen nicht zu weinen«, sagte Harriet leise, »ich finde, wir Frauen sind immer die Dummen. Ich werde Sie nicht verraten!«

Er hatte es also gewußt.

»Ich erinnere mich jetzt. Ich hörte ihn mit Dr. Jesse sprechen!« Sie schwieg erschöpft. Sie schloß die Augen, aber sie schlief nicht. Was hatte er gesagt? Sie hatte es doch ganz deutlich gehört: »Sie erbt zehn Millionen, wenn ich ins Gras beiße! Sie erbt zehn Millionen, wenn ich ins Gras beiße!«

Die Gedanken schossen wild durch ihren Kopf. Ob es ein Testament gab? Da, sie hatte sich wieder ganz in der Gewalt.

»Schwester«, sagte sie freundlich, »besorgen Sie mir Kaffee, Toast und Obstsaft. Ich will gesund werden.«

Und als Mr. Brown besorgt nach ihr sah, gab sie sich ganz unbefangen. »Danke, es geht mir wieder gut, John!«, sagte sie. Das hätte ihn stutzig machen müssen. Sie sagte »John«, nicht zärtlich »Mr. Brown«, wie sonst. Aber er war nicht auf der Hut.

»Gut, gut, Harriet, mein Schatz. Ein paar Tage Ruhe, meint Dr. Jesse.«

Im Geiste rechnete er aus, wieviel Umsatz es ihn kosten würde, wenn Harriet nicht auftrat. Und Harriet sah ihm an, was er dachte. Sie war erst kürzlich aufgewacht – sehend sozusagen. Nicht mehr blind vor Liebe.

»Vielleicht geht es auch schneller, als wir denken«, bemerkte sie leichthin, »verlaß dich ganz auf mich.«

›Ach, prächtig, wie sie sich hält‹, dachte Mr. Brown, ›und daß sie keine überflüssigen Fragen stellt.‹ Er war sichtlich erleichtert.

»Ich sehe, ich kann mich auf dich verlassen, meine Liebe! Bis heute abend dann.«

»Ja, John. Bis heute abend.«

Jetzt war sie allein. Sie suchte mit Methode. Sie kannte längst all seine Verstecke, wie das Verschieben von Tischplatten, das Aufklappen von Bildern und so weiter. Das Testament aber, das sie jetzt suchte, lag ganz offen im Schreibtisch. Sie las und sie staunte. Richtig, sie war die Alleinerbin! Notariell beglaubigt!

›In Ordnung‹, dachte Harriet, ›alles in Ordnung.‹

Niemand weiß, ob sie zu diesem Zeitpunkt schon beschlossen hatte, ihren Mann umzubringen, oder ob dieser Plan erst nach und nach entstand. Beim Suchen nach diesem Testament nämlich fielen ihr jene alten australischen Zeitungen in die Hände.

»Pastor Stone tot aufgefunden«, stand da. Schwarz auf weiß! Sie hatte es wohl geahnt. Im tiefsten, geheimen Winkel ihres Herzens hatte sie geahnt, daß jene Tropfen, die sie ihrem Vater in den Kaffee getan hatte, tödlich waren. Sie hatte es verdrängt, nicht wahrhaben wollen. Aber diese Zeitungen hier bewiesen es unbarmherzig, schwarz auf weiß! Und bei den Zeitungen lagen all ihre Briefe, die sie an ihren Vater geschrieben hatte. Geschrieben im Laufe der letzten sechs Jahre! Ihr Mann, Mr. Brown, hatte sie nicht abgeschickt!

Rasende Wut, Zorn und Schmerz – das alles tobte in ihrem Herzen. Allem voran aber: verratene Liebe! Sie schloß die Augen. Tödlich waren die Tropfen also! Sie hatte das Fläschchen noch. Dort oben! In der kleinen, abgegriffenen Handtasche, die sie damals bei sich trug, als sie an Bord der Queen Mary huschte. Mr. Brown hatte nie mehr danach gefragt. Er hatte wohl geglaubt, sie hätte den ganzen Inhalt für ihren Vater benötigt. Jetzt versteckte sie das Fläschchen in ihrer Kosmetiktasche in einem kleinen, fast unsichtbaren Vorderfach. Sie würde warten, bis ihre Stunde kam. Die Stunde der Abrechnung!

›Vorsicht Harriet, Vorsicht‹, mahnte sie sich jeden Tag. ›Es geht um zehn Millionen Dollar!‹

Die Gelegenheit ergab sich überraschend schnell. Ein knappes Jahr war vergangen, sie hatten gut gearbeitet. Sehr gut sogar. Der Umsatz stieg ständig, und es verging kein Tag, an dem sie nicht heimlich in die Schublade gesehen hätte. Keine Sorge, das Testament lag an Ort und Stelle. Dann aber fügte es das Schicksal, daß Mr. Brown einen Geschäftsfreund in der Nacht in seinem Sportwagen nach Hause fuhr. Er hatte einen kleinen Unfall. Nicht sehr schlimm, nur eine Rippen- und Kopfprellung. Immerhin eine Gelegenheit. Und sie wußte, sie zu nutzen! Er mußte ein, zwei Tage im Bett liegen, und sie pflegte ihn aufopfernd. Am zweiten Morgen brachte sie duftenden Kaffee mit frischem Toast. Er streichelte liebevoll ihre Hand.

»Harriet, mein Liebling«, sagte er fast zärtlich, als er seinen Kaffee trank. Er fühlte sich so wohl, so leicht, so beschwingt. Es würde schnell alles wieder gut sein, es würde … Da, er schlief schon – mit einem glücklichen, zufriedenen Ausdruck im Gesicht! Harriet brachte das Frühstücksgeschirr in die Küche, sie wusch es sorgfältig ab. Das Fläschchen versteckte sie wieder in ihrem Kosmetikkoffer. Man konnte nie wissen! Dann ging sie, ganz wie gewohnt, zum Frisör und zur Massage.

Nach zwei Stunden kehrte sie äußerst gepflegt nach Hause zurück. Sie kochte neuen Kaffee, machte frischen Toast, deckte das Tablett liebevoll mit einer Spitzenserviette und stellte eine rote Rose in einer schlanken silbernen Vase darauf. Sie trug es in Mr. Browns Zimmer. Er lag ganz still, ganz friedlich mit seinem glücklichen Lächeln auf dem Gesicht in seinem gepflegten Bett. Sie stellte unschwer fest, daß er nicht mehr atmete. Zur Sicherheit wartete sie geduldig noch eine Stunde.

Dann ging sie ans Telefon. Die Schwester, dieselbe, die sie vor einem Jahr gepflegt hatte, war am Telefon.

»Hallo? Ja, hier ist Mrs. Brown. Dr. Jesse soll doch bitte nach meinem Mann sehen ... Ja, ich habe ihm Kaffee gekocht, aber er hat gar nichts getrunken. Er wacht nicht auf, ich habe Angst. Vielleicht doch eine innere Verletzung? Ob der Doktor wohl da ist?«

Dr. Jesse kam schnell. Er untersuchte Mr. Brown lange, er roch auch an dem Kaffee. Harriet sah blaß und voller Angst zu ihm auf. Ihre Angst freilich hatte andere Gründe, als man so ohne weiteres annehmen konnte.

»Ich brauche jetzt selbst etwas Kaffee«, sagte sie schließlich. »Mir ist ganz schlecht vor Angst!« Und sie goß sich davon ein.

»Trinken Sie lieber nicht, Harriet!«, rief Dr. Jesse eilig. »Ich meine, möglicherweise ist der Kaffee vergiftet!«

Sie ließ fast die Tasse fallen. »Was ist los, Doktor? Warum sagen Sie nichts? Hat er doch eine innere Blutung? Oh, mein Gott, warum haben Sie ihn im Krankenhaus nicht richtig untersucht?«

»Fassen Sie sich, Harriet«, sagte Dr. Jesse. »Er ist jetzt in einer besseren Welt!« Da eine innere Blutung immerhin nicht auszuschließen war, und der Kaffee, von dem sie jetzt getrunken hatte, offenbar nicht vergiftet war, hatte es Dr. Jesse ziemlich eilig, den Totenschein auszustellen. Es war ja nicht sicher, vielleicht hatte man etwas übersehen, und John Brown war doch an einer Gehirnblutung gestorben? Das wäre wiederum nicht gut für seinen Ruf.

Harriet machte ihre Sache gut, sie wirkte wie versteinert vor Schmerz. Aber sie machte dem verstörten Arzt nur so viele Vorwürfe, wie eben notwendig waren, um ihn ein wenig unter Druck zu setzen.

1965

Harriet Brown wartete auf die Post. Etwas nervös ging sie im schönen Wohnzimmer ihres weißen Bungalow am Meer auf und ab. Sie wohnte jetzt in der Nähe von San Diego. Hier lebte es sich gut. Immer herrliches Wetter, genügend mexikanische Hausangestellte, keine Sorgen, keine Männer – gar keine! Fünf herrliche Jahre lang. Nur Schönheit, Ruhe, Musik – möglicherweise die fünf schönsten Jahre im Leben von Harriet Brown. Sie war umgeben von Luxus; alles war vom Feinsten. Angefangen vom Nachtkleid aus Seide, mit Spitzen besetzt, bis zur Abendrobe. Ausgehen in gepflegter Gesellschaft, umschwärmt von Verehrern, die es, wie Harriet genau wußte, nur auf ihr Geld abgesehen hatten.

›Nein, danke, das hatte ich schon‹, dachte sie im Stillen, erfreute sich aber nichtsdestoweniger an schönen sowie prunkvollen Empfängen und Gesellschaften. Nur ihre Augen machten ihr zu schaffen. Sie ertrug die Sonne nicht. Nur mit einer großen, dunklen Brille konnte sie überhaupt ihre Räume verlassen. Und auch damit verschwamm immer wieder alles beim Lesen. Besonders das rechte Auge. Manchmal glaubte sie, alles doppelt zu sehen. Harriet erwartete einen Brief aus Los Angeles. Sie wollte einen Termin bei einem berühmten Professor, um ihre Augen untersuchen zu lassen. Und heute kam er endlich, der Brief. Oh Gott, der Termin war schon morgen! Ihr Chauffeur brachte sie hin. Wenige Zeit später saß sie dem berühmten, weißhaarigen Professor gegenüber. Diese Frau hatte ja offenbar viel Geld für ihre Gesundheit.

»Ja, Herr Professor«, antwortete sie auf seinen Vorschlag, »ich bin vollkommen einverstanden damit, daß ich eine Woche in ihrer Klinik bleibe, und daß sie mich gründlich untersuchen. Meine Mutter ist an Krebs gestorben, gleich nach meiner Geburt.«

»So, so, Mrs. Brown. Und Sie selbst haben keine Kinder?«

»Leider nicht«, sagte Harriet zögernd, ein wenig traurig. »Es gab einen Zwischenfall während der Schwangerschaft, genau weiß ich es nicht. Es war wohl eine radikale Operation notwendig.«

Der Professor sah sie erstaunt an. »Sie wissen gut Bescheid, gnädige Frau.«

»Oh«, sagte sie leichthin, »unser damaliger Arzt war ein Freund meines Mannes. Er hat es uns erklärt.«

»Schade ist es doch für eine so junge Frau, wie Sie«, meinte der Arzt bedächtig. »Vielleicht haben

Sie keine organischen Sehstörungen, sondern seelisch bedingte. Ich werde die Ursache finden.«

Und Harriet war einverstanden. Sie bezog das feinste Zimmer der Klinik in Los Angeles und wurde untersucht. Ihre Anwesenheit war das Ereignis der Klinik schlechthin. Alle Schwestern waren begeistert von der schönen Mrs. Brown und ihren bildhübschen Nachtkleidern und Morgenröcken. Und die jungen Ärzte waren entzückt von dem Charme und der Schönheit dieser Patientin. Nur der Untersuchungsbefund war nicht eindeutig.

»Liebe gnädige Frau«, sagte der Professor, »wir freuen uns, Ihnen mitzuteilen, daß Sie soweit völlig gesund sind. Trotzdem, die Sehstörung ist nicht geklärt, und es gibt da eine winzige Stelle in Ihrem Gehirn, die näher untersucht werden müßte. Ich empfehle Ihnen, sich in London von einem berühmten Neurochirurgen nachuntersuchen zu lassen. Er ist ein persönlicher Freund von mir, vielmehr der Sohn meines Freundes. Ich empfehle Ihnen, sich in der Privatklinik von Dr. Flint in der Nähe von London noch einmal gründlich untersuchen zu lassen. Ich melde Sie an und schicke meine Untersuchungsergebnisse postwendend zu Dr. Flint.«

Harriet war sofort bereit, und so nahm das Schicksal seinen Lauf. Und die Schicksalssterne der beiden Kusinen begannen, sich mit erheblicher Geschwindigkeit aufeinander zuzubewegen.

So sah es auch der Richter bei seiner nächtlichen Lektüre. ›Hm, ja‹, dachte er, ›was sie getrieben hat, wissen wir hinreichend aus den Gerichtspapieren. Wir wollen doch sehen, was diese andere, diese Susan, inzwischen getrieben hat.‹

Jene »Susan«, wie sie der Richter fast ein wenig abfällig nannte, war zu dieser Zeit Lernschwester in einem Hospital in London. Sie war gerade durchs Examen gefallen, weil ihr Prüfer, ein gewisser Dr. Flint, ein so schöner Mann war, und Schwester Susan – mehr als alle anderen Schwesternschülerinnen – in ihn verliebt war. Es kam, wie es kommen sollte und mußte. Die durchgefallene Schwester übernahm private Pflegefälle. Ihr letzter Patient war Amerikaner. Sie begleitete ihn nach New York.

Der Richter brummte vor sich hin, ehe er weiter in den Papieren las.

Mrs. Brown nämlich kehrte kurz in ihren schönen Bungalow zurück und wartete auf Nachricht aus London. Und da, endlich ... das mexikanische Hausmädchen brachte einen Brief von Dr. Flint. Auf einem silbernen, zierlichen Tablett. Und Harriet begann, ihre Koffer zu packen. Sie rief ihren Anwalt an.

»Hallo, Mr. Whiteman. Hier ist Harriet Brown. Ich bin für einige Zeit in Europa.« Sie nannte

48

ihm die Adresse. »Ja, Privatklinik Doktor Flint. Sie schicken mir doch alle notwendige Post? Ja, danke, mein Lieber. Sie haben ja alle nötigen Vollmachten.« ›Und damit lebst du nicht schlecht‹, dachte Harriet grimmig. ›Aber was soll's? Zehn Millionen, noch dazu nicht schlecht angelegt. Vielseitig natürlich, in Wachstumsfonds.‹ Da gab es reichlich monatliche Zinsen für ein Leben, wie im Paradies. Was wollte eine Frau mehr?

Jetzt also wollte sie Gesundheit und Gewißheit. »Es könnte eine seelische Erkrankung sein«, hatte der alte Professor in Los Angeles gemeint.

Harriet fing an, über ihr Leben nachzudenken. ›So schlecht wie es scheint, bin ich eigentlich nicht‹, fand sie. Ihren Vater hatte sie nicht umbringen wollen. Bei dem jungen Steward, nun ja, da war es schon etwas anderes gewesen: Jähzorn, Angst, Haß. Er hatte sie erpressen wollen. Was sollte, was hätte sie tun sollen? ›Was soll's‹, dachte sie, ›um ihn war es nicht schade.‹ Und Mr. Brown? Was hätte sie tun können, er hatte sie zu tief verletzt, er hatte sie nur benutzt. ›Das verzeiht keine Frau. Das rechtfertigt sogar einen Mord‹, fand Harriet. Sie war mit sich selbst wieder zufrieden. Sie klingelte ihrem Chauffeur.

»Morgen früh, pünktlich um acht Uhr, bringen Sie mich bitte zum Flughafen.«

Der schwarze Chauffeur zeigte seine schönen

weißen Zähne. »Aber gern, Mrs. Brown. Es ist mir eine Ehre.«

Die Angestellten waren sehr gern in dem schönen Haus hier, es gab wenig Arbeit. Das Hausmädchen und der Chauffeur würden das Haus gut versorgen, bis ihre liebe Mrs. Brown wiederkehrte. Der Flug nach New York ging völlig reibungslos vonstatten. In einem Luxushotel, in der Nähe des Hafens, wartete eine Luxussuite auf Mrs. Brown. Alles geordnet, alles vorbereitet. Ausgeruht, erfrischt, durch einen weißen Hut und eine große Brille vor der Sonne geschützt, ging Mrs. Brown mit leichtem Gepäck an Bord des großen Schiffes, das sie nach England bringen sollte.

Und hier, direkt an der Anlegestelle, sah sie den Bettler. Er trug eine Augenklappe über dem linken Auge. Sein Gesicht war durch tiefe Narben entstellt, seine Kleidung eingerissen. Er streckte jedem der Vorbeigehenden eine schmutzige Schiffermütze entgegen, in der ein paar Münzen lagen. Harriet warf mehrere Geldstücke in die Mütze, als sie ihn plötzlich erkannte. Sie erschrak so sehr, daß sie einen Moment wirklich nichts sah und fast eine junge Krankenschwester umgerissen hätte, die ebenfalls im Begriff war, das Schiff zu betreten.

Harriet stammelte eine Entschuldigung. Davor hatte sie sich immer gefürchtet. Die Vergangenheit holte sie ein! Der Bettler am Kai war der Steward, den sie über Bord gestoßen hatte.

»Ist Ihnen nicht gut, Madam?«, fragte die junge Krankenschwester mitleidig. Harriet riß sich zusammen.

»Oh, es geht schon. Danke.« Aber sie war froh, daß die Schwester sich ihrer annahm. Sie begleitete sie zu ihrer Kabine.

»So«, sagte die junge Schwester freundlich, »meine Kabine ist gleich nebenan. Ich bin Ihnen wirklich gern behilflich.«

Ein Mord zuviel

Harriet hatte sich von ihrem ersten Schreck erholt. In ihrem Kopf jedoch wirbelten die Gedanken wild durcheinander. Dann aber kristallisierte sich ein Plan heraus, wie das Licht am Ende eines Tunnels. Den Anstoß hatte die Begegnung mit dem Steward gegeben. Tragisch daran war, daß sie nicht wissen konnte, daß dieser Mann sie gar nicht gesehen hatte. Er war blind! Er hätte sie gar nicht erkennen können! Wie er aus dem Meer gerettet worden war, war nicht bekannt. Er tauchte nie wieder offiziell auf. Auch später nicht, als alle Zeitungen über Harriet Brown schrieben. Das aber konnte Harriet nicht wissen. Sie fühlte sich vielmehr erkannt und akut bedroht. Und ihre Rettung sah sie plötzlich – wie vom Himmel geschickt – in Gestalt der jungen Krankenschwester.

Schon bei der ersten Begegnung war ihr der Siegelring aufgefallen, den die Schwester trug. Das Wappen kannte sie. Harriet besaß den gleichen Ring. Es war der Trauring ihrer Mutter Charlotte! Und jetzt, als die junge Schwester wieder hereinkam und ihr freundlich die Hand reichte, schaute sie erst verstohlen, dann aber ganz offen auf die hübsche schmale Hand: Es war eindeutig dasselbe Wappen. Und Harriet sah noch mehr. Aber sie behielt es wohlweislich für sich. Die Schwester hatte ihre Tracht abgelegt. Sie trug jetzt einen weißen Bademantel, ihr Haar war offen, goldblond. Ihre Augen waren tiefgründig blau. Die Schwester war sehr jung und hübsch und sah ihr, Harriet, verblüffend ähnlich. Die gleiche gerade Nase, dieselbe Figur, die gewölbte Stirn ...

»Wie heißen Sie, meine Liebe?«, fragte Harriet freundlich.

»Susan Rangsdorf«, antwortete sie fröhlich. »Mein Vater kam aus Deutschland, er war als Kriegsgefangener in England und heiratete dort meine Mutter. Sie war Engländerin. Sie sind beide tot!«

»Sie tragen denselben Wappenring«, sagte Harriet freundlich. Aber ihre Gedanken nahmen bereits böse Gestalt an. »Sehen Sie hier, auch meine Mutter stammte aus Deutschland. Und ihr Mädchenname war Rangsdorf. Sie wanderte mit meinem Vater nach Australien aus.« Ganz lebhaft meinte sie plötzlich: »Wir müssen verwandt sein!«

»Das ist gut möglich«, meinte die junge Susan, »mein Vater hat mir viel von unserer Familie erzählt. Sie kamen aus Schlesien und mein Großvater hatte viele Geschwister.«

»Und eine seiner vielen Geschwister war vermutlich meine Mutter!«, ergänzte Harriet. ›Seltsam, wie die Familie einem selbst in so einer Situation weiterhilft‹, dachte sie im Stillen.

Das Schiff hatte inzwischen abgelegt. Harriet blieb auch zu den Mahlzeiten in ihrer Kabine. Denn sie suchte ausschließlich die Gesellschaft der so unerwartet aufgetauchten, jungen Kusine.

»Ich fahre in die Privatklinik von Dr. Flint, in der Nähe von London«, erzählte sie Susan. »Wegen meiner Augen. Sehen Sie, liebe Susan, aller Reichtum nützt einem nichts, wenn man nicht gesund ist.«

Die beiden Frauen freundeten sich an. Jeden Abend saßen sie zusammen in ihrer Kabine und spielten Schach.

»Ich bin ganz glücklich, in Ihnen endlich eine Verwandte gefunden zu haben, liebe Susan«, gab Harriet vor. »Sehen Sie, hier, ich habe ein Testament aufgesetzt. Ja, lächeln Sie nicht, natürlich bin ich noch jung, aber in London werde ich vielleicht operiert. Auf jeden Fall … ich habe sonst keine Verwandten, ich setze Sie als Erbin ein! Und darauf, liebste Susan, bitte ich Sie, mit mir ein Glas Sekt zu trinken!«

Die junge Krankenschwester konnte es kaum fassen. »Aber Mrs. Brown«, sagte sie verwirrt, »ich weiß gar nicht, was ich dazu sagen soll?«

»Nichts, Susan«, meinte Harriet leichthin.

»Kommen Sie, stellen Sie die Schachfiguren auf und gießen Sie uns ein Glas Sekt ein.«

An dieser Stelle muß erwähnt werden, daß es einen hübschen drehbaren Schachtisch in der Kabine gab. Er konnte durch einen Knopf unter der Tischplatte gedreht werden, so daß die Spielpartner nach Belieben die weißen oder die schwarzen Figuren vor sich stehen hatten.

Zu der Krankenschwester meinte Harriet bedächtig: »Sie müssen wissen, liebe Susan, es ist sehr viel Geld. Gut angelegtes, natürlich. Mein Anwalt, Mr. Witheman in Los Angeles, verwaltet mein Vermögen. Er wird mir die Auszüge regelmäßig in die Klinik von Dr. Flint schicken. Und später, wenn ich wieder gesund bin ... Susan, wir wollen zusammenbleiben, ja? Wenn ich zurückfahre, dann will ich Sie bei mir haben, als meine liebe Freundin!«

Hastig holte sie das Testament heraus. Und Schwester Susan las. Ja, da stand es tatsächlich, schwarz auf weiß. Sie war die Erbin eines riesigen Vermögens. Susan war unendlich gerührt, ja sprachlos. Trotzdem war es ihr plötzlich, als ob eine eiskalte Hand nach ihrem Herzen faßte. Sie hatte ein ungutes Gefühl, die unbestimmte Ahnung einer Gefahr. Und das rüttelte sie hellwach. Der Schachtisch vor ihr, er war doch vorher ...? Das weiße Feld? Das weiße Feld befand sich doch vorhin genau vor ihren Augen. Und die weiße Königin – wo sie zuvor stand, war ein kleiner roter Fleck gewesen, vermutlich Nagellack. Jetzt war der Fleck nicht mehr zu sehen, oder doch? Natürlich, er war nun auf der anderen Seite, auf Mrs. Browns Seite. Warum? Hatte Mrs. Brown den Tisch gedreht?

Gewohnt, vorsichtig zu sein – schließlich war sie gelernte Krankenschwester, wenn sie auch das Examen nicht bestanden hatte –, drückte Susan ganz leise auf den Druckknopf unter der Tischplatte. Dabei sprach sie zuweilen mit Mrs. Brown. Und mit einmal war alles wieder in Ordnung, der Fleck war wieder an Ort und Stelle. Erleichtert ergriff sie ihr Glas, ihre Hand war ganz feucht vor Aufregung. Mrs. Brown trank ebenfalls, mit einem Ausdruck tiefer Zufriedenheit. Und dieser Ausdruck blieb auf ihrem Gesicht. Auch, als sie offensichtlich nicht mehr atmete und das Glas mit einem leisen Klirren auf die Erde fiel. Susan starrte minutenlang fassungslos auf die Tote. Sie erkannte die Zusammenhänge nicht, und das war ihr Verhängnis!

Eines aber begriff sie, daß nämlich eigentlich sie hätte tot sein sollen. Das Glas von Mrs. Brown hatte soeben noch vor ihr gestanden, ehe sie den Tisch drehte. Sie, Susan, hatte sterben sollen! Warum? Warum? Nun, Schwester Susan sollte lange Zeit im Dunkeln tappen. Aber sie handelte.

Und das war Harriets eigentlicher Plan gewesen:

Sie wollte eine neue Identität und gleichzeitig ihr Geld behalten. Wenn sie ihrer Kusine das Geld vermacht hätte, wäre alles ganz einfach gewesen. Sie hätte nur die Kleider gewechselt und als Susan Rangsdorf in aller Ruhe abgewartet, bis das Testament gefunden worden wäre. Damit hätte sie alle Morde und die Vergangenheit hinter sich gelassen und trotzdem ihr Geld behalten.

Für Susan war die Situation viel komplizierter, da sie diese Zusammenhänge nicht durchschaute. Ihre Gedanken wirbelten blitzschnell im Kreis. Von den Morden konnte sie nichts wissen, aber daß vermutlich Gift in dem Glas gewesen war, konnte sie sich denken. Wenn sie jetzt dieses Testament vorlegte, so mußte doch der Verdacht unweigerlich auf sie fallen.

»Sie haben Mrs. Brown umgebracht!«, würde man sagen. Zunächst versteckte sie das Testament. Und plötzlich fing sie an, ganz automatisch zu handeln. Die Tote war ihr nicht nur äußerlich sehr ähnlich, sondern sie kamen sozusagen aus dem gleichen Stall! Auch in ihr steckte der Hang zum Abenteuer. Es war nicht schwierig. Sie trugen die gleichen, bequemen weißen Bademäntel, sogar die Ringe waren die gleichen.

Schwester Susan wusch sorgfältig ihr eigenes Glas ab und stellte es weg. Das Glas vor Harriet ließ sie stehen. Make-up? Nein, die Tote war schon abgeschminkt. Sie tauschte die Schuhe und die Wäsche. Auf ein Blatt, das auf dem hübschen, kleinen Schreibtisch in der Ecke der Kabine lag, schrieb sie ganz bewußt in ihrer eigenen Handschrift:»Ich kann nicht mehr! Schwester Susan Rangsdorf.« Das Schwesternkleid hängte sie ordentlich auf einen Bügel in der Kabine. Sie sah es lange an. Ihre ganze Vergangenheit – bisher leider weiß Gott nicht im Luxus – hing hier, an diesem Haken. Hier hing sozusagen ihre bisherige, ordentliche, kleinbürgerliche Existenz. Sie hätte noch zurückgekonnt, aber sie war bereits infiziert vom Bazillus ›Geld‹. Alles hatte seinen Preis: zehn Millionen! Das war eben zu viel. Außerdem blieb auch keine Zeit zum Zweifeln und Überlegen. Wenn die Tote entdeckt würde, wäre alles gelaufen. Und es lockte nicht nur das viele Geld, sondern auch das Abenteuer! Das Leben von seiner schönen Seite! Und nicht zuletzt der Gedanke an Dr. Flint! Sie handelte jetzt ganz ruhig und überprüfte noch einmal alle Einzelheiten.

Inzwischen war es weit nach Mitternacht. Die Mehrzahl der Passagiere war sicherlich zu Bett gegangen. Die Nachbarkabine fand sie ohne Licht. In Harriets Handtasche entdeckte sie den Kabinenschlüssel. Gut, der Schlüssel paßte, es war geschafft! Natürlich kam unmittelbar die Reaktion, ihre Nerven rebellierten. Aber es ging vorbei. Ein warmes Bad, danach das luxuriöse Nachtkleid, die wunderbaren, traumhaft schönen Silbersachen im Gepäck der Toten und der luxuriöse Morgenmantel auf dem Bett halfen über den Schock hinweg. Susan war klug: Sie nutzte die Zeit, die ihr blieb, um ganz Mrs. Brown zu werden. Sie las alle Papiere in der Handtasche, übte die Unterschrift auf der Scheckkarte und prägte sich Namen sowie Adressen ein. Aha, acht Jahre älter war sie jetzt also. Das war das kleinste Problem. Aber plötzlich überfielen sie wieder schreckliche Zweifel: War die Frau in der Nachbarkabine wirklich tot? Ja doch, da gab es keinen Zweifel. Aber würde sie das alles durchstehen?

»Why not?«, sagte Susan entschlossen zu ihrem Spiegelbild. »Bisher mußte ja mein Leben auch laufen, nahezu ohne Hilfe, nicht wahr?«

Die Eltern waren schon vor Jahren gestorben. Susan und ihr Bruder hatten allein zurechtkommen müssen. Zärtlich dachte sie in diesem Moment an ihren Bruder, der in Deutschland als Anwalt mühsam versuchte, vorwärts zu kommen. Sie würde einen Weg finden, ihm zu helfen, jetzt, wo sie so plötzlich reich geworden war. Nur wie? Er würde sie sofort erkennen. Sie durfte ihm niemals begegnen. Aber nun, dieses Problem würde sie später schon lösen. Trotz aller Aufregungen der Nacht verlangte dann doch ihre jugendliche Natur ihr Recht. Sie schlief einfach ein. Über all den neuen Problemen. Und ähnlich erging es jetzt auch Richter Mount bei seiner aufregenden Lektüre. ›So, so‹, dachte er. ›Bisher habe ich nie in ihren Papieren weitergelesen. Diese verrückte Story war einfach zu unglaubhaft. Aber jetzt, nachdem ihr Bruder aufgetaucht ist, erscheint es ja möglich, daß es tatsächlich alles so gelaufen sein könnte, wie es hier steht. Ich will es überschlafen‹, dachte er. ›Es ist einfach zu verrückt.‹

Dann kamen ihm wieder Zweifel: Es konnte auch alles ganz anders sein. Warum, um alles in der Welt, mußte sie in die Rolle der Mrs. Brown schlüpfen, wenn sie doch vermutlich die Erbin war? Und warum vor allem mußte sie zu Dr. Flint fahren, anstatt sich mit dem Geld irgendwo auf der Welt ein schönes Leben zu machen?

»Aber, Mounty«, hörte er Violet sagen, »das ist doch ganz klar: weil sie in ihn verliebt war. Das erklärt für eine Frau einfach alles!«

Er war jetzt doch zu müde. »Darüber muß ich erst schlafen. Morgen früh werden wir weitersehen!«

Und ebenso erging es Susan in ihrer neuen Kabine. Das Klopfen des Room-Service gegen acht Uhr weckte sie. Schnell war der hochelegante Bademantel übergestreift; sie fand sich zurecht in ihrem neuen Leben. Die freundliche Kellnerin brachte ein wunderbares Frühstück auf einem kleinen Servierwagen.

»Guten Morgen, Mrs. Brown«, sagte das freundliche Mädchen.»Wir sind bald da. In drei Stunden legen wir in England an. Darf ich Ihnen später beim Packen helfen?«

Susan trug bereits die dunkle Brille.»Ja, danke, sehr gern. So in einer Stunde?« Sie reichte dem Mädchen einen Geldschein aus Harriets Tasche.

»Oh, danke, Mrs. Brown. Sie sind immer so gütig!«

Das Mädchen knickste und ging. So, die erste Probe hatte sie bestanden! Das erste Frühstück im neuen Leben schmeckte Susan ausgezeichnet. Mrs. Brown war ein paar Pfunde fülliger als sie, also hatte sie ein wenig aufzuholen. Aus der Nebenkabine kam kein Laut. Susan schauerte dann doch ein wenig, als sie mit ihrem eleganten Köfferchen vorbeiging. Denn eines war ihr klar: Wenn alles nach Harriets Plan funktioniert hätte, warum auch immer, dann läge jetzt sie, Susan, tot dort drinnen. Nein, nur weg hier. Offenbar hatte noch niemand die Tote entdeckt. Verständlich, die anderen Passagiere nahmen das Frühstück im eleganten Schiffsrestaurant ein. Und durch die allgemeine Aufregung beim Anlegen im Hafen hatte schließlich niemand Zeit, nach verbliebenen toten Passagieren zu

suchen. Susan erschrak jedoch auf einmal unendlich – fast so sehr, wie Harriet beim Anblick des
zerlumpten Bettlers, als diese damals in Amerika
das Schiff betreten wollte. Genauso also wurde
jetzt Susan beim Anblick einer hochgewachsenen
Gestalt in Schwesterntracht geschockt, die vom
gegenüberliegenden Deck herunterkam.
Aber nein, das Gesicht war ganz anders. Die
Schwester geleitete eine alte, zerbrechliche Dame.
Susan wandte sich schnell ab. Genauso war sie
nach Amerika hinübergefahren – als Begleiterin
eines gelähmten, schwerreichen Patienten. Er hatte
ihr voller Dankbarkeit die Rückreise geschenkt.
Vorbei, schon lange vorbei. Und mutig ging sie an
Land.

LIEBE WAR NICHT EINGEPLANT

›Die hübsche, elegante Frau mit der dunklen Brille muß es sein‹, dachte am Ufer Dr. Grant, Assistenzarzt von Dr. Flint, der die angekündigte Patientin abholen sollte. Sie stand ein wenig unschlüssig neben ihrem Gepäck und suchte ein Taxi.

»Mrs. Brown?«, fragte er höflich.

Sie drehte sich zu ihm um, nahm die Brille ab, und ehe sie etwas antwortete, fühlte er tief in seinem Inneren etwas Seltsames, etwas Unbekanntes – ein tiefes Glücksgefühl. ›Mein Gott, was für wunderbare Augen, und was für eine bildschöne Frau!‹ Für ihn war es Liebe auf den ersten Blick. Aber er durfte es weder zeigen noch sagen.

»Oh, ja!«, sagte sie mit einer sanften, liebenswürdigen Stimme. »Wie freundlich von Ihnen, mich abzuholen!«

Und forschend schaute sie ihn an. Er war völlig unauffällig, ein Dutzendmensch. Man konnte ihn eigentlich nicht beschreiben, so unauffällig und unbedeutend sah er aus. Aber unheimlich nett. Das merkte sie sofort.

»Ich bin Dr. Grant«, murmelte er ein wenig verlegen, während er ihre Hand wesentlich länger in der seinen ließ als erforderlich. »Assistent von Dr. Flint. Bitte, gnädige Frau, da ist mein Wagen.«

Er geleitete sie zum Auto, kümmerte sich um ihr Gepäck.

›Ein freundlicher Mann‹, dachte Susan bei sich. Aber sie war auf der Hut und sprach nicht viel. ›Nur kein unbedachtes Wort‹, dachte sie. ›Was man nicht sagt, kann auch nicht falsch sein.‹

Diese Untersuchung bei Dr. Flint mußte sie ja wohl oder übel über sich ergehen lassen. Er würde natürlich nichts finden. Es war dann inzwischen eben besser geworden. Die gute Seeluft, ihr würde schon etwas einfallen.

Dr. Grant schwieg ebenfalls. Sie mußte ja müde sein von der Reise. Endlich aber sagte er: »Ich hoffe, gnädige Frau, Sie hatten eine gute Überfahrt und werden sich hier wohlfühlen.«

»Oh, danke, bestimmt!«, sagte Susan höflich. »Das Sanatorium soll ja sehr schön sein.«

Und richtig: da lag es, umgeben von einem schönen Park. Dr. Grant führte sie sogleich in ihr Apartment, das beste und schönste der Klinik natürlich. Wunderbar eingerichtet, mit Blick ins Grüne.

»Wunderbar, vielen Dank«, sagte sie warm. »Hier wird man allein vom Dasein und Schauen gesund.«

»Sie möchten sich sicher etwas ausruhen, gnädige Frau«, sagte Dr. Grant. »Der Chef, ich meine

66

Dr. Flint, erwartet Sie um 14 Uhr in seiner Privat-sprechstunde.«

Susan sah dankbar das einladende, schöne Bett. Oh, nein, sie hatte kaum geschlafen letzte Nacht. »Könnte mich eine Schwester rechtzeitig wecken?«, bat sie. »Ich schlafe so gerne und so gut!« ›Ungewöhnlich für so eine Patientin‹, dachte Dr. Grant. ›Damen dieses Standes benötigen gewöhnlich Tranquillizer oder Schlaftabletten. Aber um so besser.‹ »Selbstverständlich, gnädige Frau!«, sagte er höflich. Die Schwester brachte eine kleine Erfrischung, eine duftende Suppe und Obstsalat.

Susan hatte sich noch nie so wohlgefühlt. Also, es würde schon gehen. ›Dr. Flint wird mich nicht fressen‹, dachte sie. Sie schlüpfte in das bereits geliebte, seidene Nachtkleid und schlief erstaunlich gut, wenn man bedenkt, was sie in den letzten Stunden alles durchgemacht hatte.

Ausgeruht, mit dezentem Make-up gepflegt, in einem weißen, eleganten Kostüm stand sie alsbald mit klopfendem Herzen vor der gepolsterten Tür von Dr. Flint. Im Stillen war sie Harriet dankbar für den erlesenen Geschmack, mit dem sie ihre Kleider und Kostüme ausgesucht hatte. Fast ein Wunder, daß alles so gut paßte. Sogar die Schuhe. Eine Schwester ließ sie ein.

»Mrs. Brown?«, fragte sie freundlich.

Susan atmete tief durch. ›Nur nicht versagen‹, dachte sie bei sich. Sie kannte die Oberschwester. Sie strich das Haar aus ihrem Gesicht, rückte die dunkle Brille zurecht und sagte kühl: »Ja, ich bin Mrs. Brown!«

Und da stand Dr. Flint. Jetzt war es Susans Herz, das eigentümlich aus dem Takt kam. Zwar war es nicht Liebe auf den ersten Blick – das hatte sie schon beim Schwesternexamen hinter sich gebracht –, aber es war eben noch immer Liebe. Und auch sie durfte es weder merken lassen noch sagen, zumindest vorläufig. Er war ein schöner Mann: groß, gut gewachsen, mit energischen, klugen Zügen, graumeliertem kurzem Haar. Mit klugen, grüngrauen Augen unter dichten Wimpern.

Jetzt richtete er seinen Blick prüfend auf die neue Patientin. ›Oh, eine Schönheit, in der Tat, ganz Dame. Erste Klasse, sehr sympathisch, außerordentlich liebenswürdig und bescheiden.‹ Er wußte von seinem amerikanischen Kollegen ja einigermaßen Bescheid über ihre Verhältnisse.

»Also, liebe Mrs. Brown«, sagte er freundlich, »wir werden alles für Sie tun!«

»Oh, Herr Doktor«, meinte Susan fröhlich, »es geht mir inzwischen viel besser. Die gute Seeluft und das englische Klima. Nein, wirklich, ich habe mich lange nicht mehr so wohl gefühlt. Ich habe gar keine Sehstörungen mehr. Natürlich«, fügte sie schnell hinzu, »möchte ich gerne eine Weile hierbleiben, damit Sie mich gründlich untersuchen!«

Dies zumindest lag von Anfang an in beider Interesse. Dr. Flint benötigte erstaunlich lange Zeit, um alle erforderlichen Untersuchungen durchzuführen. Zum einen wegen des in Amerika geäußerten Verdachtes eines schnellwachsenden bösartigen Tumors im Gehirn, der auf den Sehnerv drücken könnte, zum anderen aber auch wegen des freilich beachtlichen Honorars, das so eine Patientin ihm täglich für seine Klinik bescherte.

Assistenzarzt Dr. Grant kam täglich zur Visite. Sein Herz jedoch wurde immer schwerer. Seine Angebetete hatte nur Augen für den Chef. Sie blühte förmlich auf. Von Tag zu Tag wurde sie hübscher. Kein Wunder, Susan hatte noch nie im Leben so viel und so gut zu Essen bekommen. Und sich auch noch nie in ihrem Leben so viel ausruhen können. Außerdem war sie zum ersten Mal in ihrem Leben bis über beide Ohren verliebt. Jeder sah es, nur nicht Dr. Flint.

Nach Abschluß der Untersuchungen kam es dann beinahe zu einem Eklat zwischen dem Chef und seinem Assistenzarzt.

»Ich finde keinen Tumor!«, konstatierte der Chef bei der Besprechung im Ärztezimmer. »Ich habe alle unsere Ergebnisse mit den amerikanischen verglichen. Lediglich im Kleinhirnbrückenwinkel ist ein winziger unklarer Befund. Sollte das eine Probeextirpation notwendig machen?« Nachdem ein solcher Verdacht geäußert worden war, fügte er hinzu:»Oder sollten wir nochmals eine Enzephalographie vornehmen?«

Dr. Grant verschluckte sich fast vor Erregung. Das konnte er nicht zulassen. Er liebte Harriet inzwischen mehr als sein Leben und mehr als seine Existenz, die er jetzt für sie riskierte.

»Dr. Flint, Chef«, sagte er mit bebender Stimme, »ersparen Sie der jungen, blühenden Frau diesen immerhin gefährlichen Eingriff. Behalten Sie die Patientin noch weitere Wochen oder Monate hier und beobachten Sie sie, ehe Sie ihr solch einen Eingriff zumuten. Sie wird gern bleiben. Die Dame ist ja reich und unabhängig und fühlt sich bei uns wohl.« ›Das vermutlich aus anderen Gründen‹, hätte er beinahe hinzugesetzt.

Erstaunt sah der Chef auf. Widerspruch war er nicht gewohnt. Er fühlte sich in gewissem Sinne getadelt, vielleicht auch ertappt. Ja, so ein Eingriff kostete sehr viel Geld und Grant wußte das. Andererseits, wenn die Patientin noch monatelang hierbliebe – auch nicht schlecht. Er schluckte seinen Zorn hinunter. Aber die beiden Männer maßen sich mit Blicken, die vieles sagten, was sie vorerst lieber verschwiegen.

»Ich werde es überdenken, Grant«, sagte er endlich, kurz und grob.

Dann saß er in seinem getäfelten Chefzimmer und dachte nach. Sollte er den Assistenten entlassen? Aber er war ein zäher und fleißiger Arbeiter, der ihm viel Kleinarbeit abnahm. Die weißhaarige Oberschwester kam mit Tee in einer silbernen Kanne und kleinem, feinem Teegebäck herein. Sie kannte und liebte ihn seit mehr als 40 Jahren, und sie durfte offen mit ihm reden. Wer sie wirklich war, wird sich erst später offenbaren.

»Nun, Dr. Flint«, sagte sie freundlich, »etwas Wahres ist dran an dem, was Dr. Grant sagt. Wie immer. Sie könnten doch Mrs. Brown leicht dazu bringen, für immer hierzubleiben, nicht wahr? Dann könnte man später aus einem anderen Anlaß diesen Dr. Grant entlassen, wenn man einen anderen Assistenten gefunden hat.«

Er nahm erfreut den Tee. »Wie meinen Sie das, Oberschwester?«

»Nun«, sagte die alte Schwester lächelnd, »es sieht doch jeder, daß diese hübsche Mrs. Brown bis über beide Ohren in Sie verliebt ist, Dr. Flint. Sie brauchen doch nur die Hand auszustrecken, dann haben Sie einen Goldfisch an der Angel. Für immer! Was spielt da so ein Eingriff für eine Rolle, wenn er nicht unbedingt sein muß. Sie verstehen, Dr. Flint? Es wäre ja so gut für die finanzielle Lage der Klinik.«

»Sie meinen, ich soll ...?«

»Das sieht doch ein Blinder!«, sagte die alte Schwester. »Und halten Sie sich ran, Doktor. Andere Männer sind auch nicht aus Eis.«

»Danke, Oberschwester«, sagte der Chef nach langem Nachdenken. »Danke!«

Die schöne Patientin sah dem Chefarzt erwartungsvoll entgegen, als er heute abend zur Visite kam. Diesmal ganz allein. Ohne Oberschwester, ohne Assistenten.

»Mrs. Brown«, sagte Dr. Flint, »Sie sind völlig gesund. Sie könnten morgen nach Hause fahren. Außer ...«, er zögerte.

»Ja, bitte, Dr. Flint?«, fragte sie. Er starrte sie an. Eigentlich war sie ja bildhübsch. Nur, er machte sich nun mal nichts aus Frauen! Und wieviel Geld hatte sie wirklich? Das wußte niemand so genau. Andererseits, sagte er zu sich, gab es Schlimmeres, als eine so schöne Frau zu heiraten.

Endlich sprach er weiter: »Ich würde sie gerne hierbehalten. Lebenslänglich, meine ich.« Er riß sich in Hinblick auf die finanzielle Situation der Klinik zusammen.

»Also, Mrs. Brown, ich habe die Ehre, Sie zu fragen, ob Sie Mrs. Flint werden wollen. Ich meine, meine Frau!«

Sie schloß die Augen. ›Am Ziel‹, dachte sie bei

sich. Ihr Leben lief in den nächsten Sekunden wie ein Schnellfilm vor ihr ab. Lernschwester Susan vor acht Jahren, oder waren es sechs Jahre? Eine von 130 jungen Lernschwestern in der Abschlußprüfung. Und jetzt stand da Dr. Flint. Sie war so verliebt, daß sie nicht einmal seine Fragen verstand. Sie starrte ihn nur an. »Wir müssen Sie leider durchfallen lassen, Schwester«, hatte die weißhaarige Oberschwester damals fast bedauernd zu ihr gesagt. Mit hängenden Schultern war sie gegangen. »Dieser schöne Mann, der Schwarm der ganzen Schwesternklasse, er ist jede Todsünde wert«, pflegten die älteren ihrer Kolleginnen zu sagen. Sie blieb im Land, schlug sich als Privatpflegerin durch. Bis sie dann jenen gebrechlichen Mann nach Amerika geleitete und auf dem Schiff schließlich in die Rolle der Millionärin schlüpfte.

Es war das rasende Verlangen gewesen, Dr. Flint wiederzusehen, das sie bewogen hatte, diese Rolle weiterzuspielen. Nicht als eine von 130 kleinen Schwestern, sondern als reiche, begehrenswerte, schöne Frau. Plötzlich signalisierte ihr der verdammte Computer in ihrem Kopf: »Täuschung, nicht als reiche, begehrenswerte, schöne Frau; es ist nur das viele Geld, das viele Geld!« ›Das werden wir ja sehen‹, sagte sie zu sich und stellte den inneren Computer ab.

Sie öffnete die Augen. Mit einem strahlenden

Lächeln antwortete sie: »Ja, gut, Dr. Flint! Von Herzen gern!«

»Ich hoffe, Sie wissen, was Sie tun!«

Nach dem Sündenfall

Es war wie im Märchen. Die Hochzeit würde das Ereignis der Saison werden. Mr. Whiteman schickte umgehend den verlangten Scheck für den Ausbau der Klinik. Immerhin einige Millionen. Aber das machte nicht soviel aus. Durch geschickte Transaktionen hatte Mr. Whiteman das Vermögen von Mrs. Brown nahezu verdoppelt. Es näherte sich jetzt einer schwindelnden Höhe. Dementsprechend stieg natürlich auch sein eigenes Einkommen. Er sandte herzliche Glück- und Segenswünsche zur Hochzeit. Auch den etwas seltsamen Auftrag, jeden Monat einen Scheck von einem unbekannten Gönner an einen jungen Anwalt in Deutschland zu schicken, führte er ohne Widerrede und ohne lange nachzudenken aus.

»Harriet«, sagte Dr. Antony Flint zu seiner jungen Frau,»du hast mir unendlich viel Glück gebracht! Ich kann es noch immer nicht glauben.«

Die junge Susan aber war im siebenten Himmel. Sie akzeptierte den Namen, sie akzeptierte ihr neues Leben, sie dachte nicht mehr zurück.»Ich bin überglücklich«, sagte sie nur.»Zum ersten Mal in meinem Leben.«

In seiner Freude über das viele Geld übersah Dr. Flint nur zu gern einige Kleinigkeiten, die ihm sonst als Arzt und erfahrenem Mann natürlich hätten auffallen müssen. Aber warum fragen, bei so viel Glück und so viel Geld? Die schöne junge Frau war völlig unerfahren, dabei war sie doch verheiratet gewesen! Aber nun, was wußte man schon über das Verhalten ihres verstorbenen Mannes? Warum sollte man fragen? Warum sollte man Schwierigkeiten machen?

Auch über Dr. Grant wurde nicht mehr gesprochen. Am Abend vor der Hochzeit nämlich, am letzten Tag in der Klinik, war er allein in Susans Zimmer gekommen.

»Gnädige Frau«, hatte er gesagt, »einmal muß ich es sagen, sonst ersticke ich daran. Ich liebe Sie mehr als mein Leben. Sie heiraten ja nun Dr. Flint. Er liebt ihr Geld vermutlich so sehr, wie ich Sie. Sollten Sie je in Not geraten, ich werde für Sie dasein!«

Er hatte keine Antwort abgewartet und war gegangen. Vor der Tür aber stieß er beinahe mit Dr. Flint zusammen. Dieser war blaß vor Zorn.

»Sie sind entlassen!«, stieß er hervor.

»Schon gut, Chef«, sagte Grant. »Ich gehe von selbst! Herzliche Glückwünsche!«

Wie gesagt, das war Vergangenheit und wurde nicht mehr erwähnt. Die junge Frau richtete ihr

Haus ein. Nicht schwer, wenn man Geld genug hat. Der Bungalow am Ende des Klinikparks war ein Schmuckstück, gefüllt mit kleinen und großen Kostbarkeiten. Und die junge Mrs. Flint füllte das Haus mit Liebe und Leben.

Alles ging gut, bis zu dem Augenblick, als sie ihrem Mann überglücklich mitteilte:»Oh, Antony, ich bin schwanger! Wir bekommen ein Kind!« Es traf ihn mehr, als er gedacht hatte. Aber noch sah er keine Gefahr, er faßte sich schnell.

»Wunderbar, Liebling«, sagte er zärtlich. »Ich freue mich mit dir!«

In dieser Nacht aber ging er ruhelos in seinem Dienstzimmer in der Klinik auf und ab. Den Bericht aus Los Angeles las er wohl zum zwanzigsten Mal. Da stand es doch, schwarz auf weiß: »Zustand nach Uterus-Totalextirpation.« Wie konnte sie dann schwanger sein? War es ein Irrtum oder war sie am Ende doch eine andere Frau? Entlarvende Fragen, aber angesichts eines so herrlichen Vermögens? Was sollte er tun? Schweigen, was ohnehin seine Pflicht als Arzt war? Was blieb ihm übrig. Schweigen und auf der Hut sein! Und er verschloß den Bericht aus Los Angeles sorgsam in seinem Schreibtisch.

Die junge Frau aber nutzte ihre Zeit zum Lesen und zum Lernen. Da sie intelligent und äußerst interessiert in vielen Dingen war, verschaffte sie sich auch in Geld- und Börsengeschäften Kenntnisse. Ihre Hobbys waren Musik und Sprachen. Das alles überdachte Dr. Flint in dieser Nacht: ›Schließlich ist sie eine gutaussehende und gute Frau, sie macht keine Probleme, keine Szenen. Und sie verlangt nicht von mir, daß ich Gefühle heuchle. Nein, offenbar ist sie ganz zufrieden mit dem wenigen, was sie von mir bekommt. Also schweigen, leben und leben lassen und alles laufenlassen, wie es will.‹

Die junge Susan aber dachte bei sich, ›der Mann denkt und die Frau lenkt. Warte nur ab, mein lieber, stolzer, eitler Antony, wenn es ein Junge wird, wirst du ihn wirklich lieben. Und außerdem, es geht auch so, wenn ich dich nur habe.‹

Es wurde ein Mädchen. Ein süßes, blondes Baby mit großen, blauen Augen. Sechseinhalb Pfund, problemlos – genau wie seine junge Mutter. Als Dr. Flint das Baby aber zum ersten Mal sah, fiel er – zu seinem eigenen Erstaunen – zum ersten Mal aus der Rolle. All sein Hochmut und seine Eitelkeit ließen für einen Moment von ihm ab. Er nahm das Baby ganz vorsichtig, als könnte es zerbrechen, und drückte es an sein Herz, bis das kleine Ding zu schreien anfing. Dabei hatte er tatsächlich Tränen in den Augen. Susan lächelte still in sich hinein. Das war jetzt kein Theater, sie sah es genau. Er liebte das Baby, sie hatte einen Weg zu seinem Herzen gefunden. Ganz im Stillen dachte sie: ›es wird nicht das einzige bleiben, wir werden noch mehr Kinder haben.‹

»Wir wollen sie Amy nennen«, schlug Dr. Flint vor.

»Ja, gern, mein Liebster!«, sagte Susan zärtlich. Sie schloß die Augen. ›So viel Glück‹, dachte sie, ›alles gestohlen. Aber nein, vielleicht auch nur geborgt.‹ Jene andere, sie lebte ja nicht mehr. Nach und nach vergaß sie Harriet, ebenso wie sie Schwester Susan Rangsdorf vergessen hatte. Sie war jetzt Mrs. Flint. Der Vorname »Harriet« störte sie nicht weiter. Ihr Mann nannte sie meist »meine Liebe«, und das Kind würde »Mama« sagen. Es ging alles gut. Mr. Whiteman schickte wiederum herzliche Glückwünsche und gründete für die kleine Amy einen Aktienfonds.

Die junge Frau erholte sich schnell, ihr Leben lief in glücklichen, geordneten Bahnen. Sie ging selten aus. Instinktiv hütete sie sich vor Gesellschaften und Öffentlichkeit aller Art. Es fiel nicht weiter auf, ihr Mann war ja in der Klinik viel zu beschäftigt. Die Kleine wuchs heran. Allerdings bemerkte Susan zunehmend, daß das Kind der alten weißhaarigen Oberschwester immer ähnlicher war. Sie zwang sich, nicht darüber nachzudenken. Aber tief in ihrem Herzen wußte sie, daß sie hier irgendeinem Geheimnis auf der Spur war. Die Oberschwester liebte die Kleine sehr. Sie suchte ihre Nähe und bot sich immer wieder an, auf Amy aufzupassen, wenn Mrs. Flint zur Bank oder zur Musikhochschule fahren wollte.

Die folgenden Jahre gingen ohne besondere Ereignisse ins Land. Jetzt dachten die Eltern daran, das Kind in einer Schule anzumelden. Immerhin wurde es demnächst sechs Jahre alt.

»Es gibt eine Ursulinen-Schule in der Nähe«, meinte Mr. Flint. »Dort bekommt sie eine gute Ausbildung, liebevolle Behandlung und sie kann an jedem Wochenende zuhause sein.«

»Oh, das halte ich für eine gute Entscheidung«, sagte Harriet. »Wir wollen sie selbst hinbringen.«

Das Schicksal wollte es aber, daß Dr. Flint dann doch keine Zeit hatte, seine geliebte kleine Tochter zur Schule zu begleiten. Sie fuhr mit ihrer Mutter allein. Und es war ebenfalls eine Fügung des Schicksals, daß der Amtsarzt, der die kleinen Schulanfänger im Kloster untersuchte, niemand anderes war als Dr. Grant, der entlassene Assistenzarzt. Ob dieser sich jedoch nach all den Jahren sofort an jenen Bericht aus Los Angeles erinnerte, ist schwer zu sagen. Vermutlich nicht.

»Oh, Mrs. Flint. Wie geht es Ihnen?«, sagte er hocherfreut. »Und so ein reizendes Töchterchen. Wie heißt du, meine Kleine?«

Amy sah ihn an. ›Sie hat die Augen ihrer Mutter‹, dachte er im Stillen. ›Gottlob nicht seine.‹

»Amy Flint«, sagte die Kleine freundlich. Susan war tief gerührt, Dr. Grant wiederzusehen. Er hatte sie damals bei ihrer Ankunft in Empfang genommen. Er hatte ihr die ersten Schritte in ihrem neuen Leben erleichtert. Und doch, er war ihrem Mann nicht freundlich gesinnt, das wußte sie genau. Darum verabschiedete sie sich schnell. Er sah ihr nach.

›Wir sehen uns noch‹, dachte er. ›Und du weißt jetzt, wo ich zu finden bin!‹ Er sollte recht behalten, das Unheil war schon ganz nah.

ERWACHEN

Die junge Mrs. Flint verließ gegen zehn Uhr das Haus. Sie war recht hübsch anzusehen in einem royalblauen Angorakostüm, ihr goldblondes Haar trug sie hochfrisiert, am Jackenaufschlag eine kleine goldene Reitgerte, Perlenohrstecker, ganz ladylike! So ging sie zu ihrem weißen Auto vor der gepflegten Einfahrt. Sie blieb stehen – die Rosen blühten so wunderbar, dort die Gloria und daneben gelbe und rote Kletterrosen. Ein leises Lächeln lag auf ihrem schönen, stillen Gesicht.

»Es hat sich doch gelohnt«, murmelte sie, »und vielleicht wird es auch noch besser!«

Dann fuhr sie los, wie jeden Morgen zunächst zu Amys Schule.

Am Fenster der Klinik aber standen Dr. Flint und sein treuer Schatten, die Oberschwester, wie jeden Morgen, und sahen ihr nach.

Jeder von ihnen dachte dasselbe: ›Wo fährt sie hin?‹

»Es wird Zeit für ein zweites Kind, Chef«, sagte die alte Schwester nachdenklich.

»So, meinen Sie? Aber sie hat doch alles!«

»Das glauben Sie, Chef, weil Sie ein Mann sind,

erfolgreich und vielbeschäftigt. Sie hat längst nicht alles und das wissen Sie!«

Dr. Flint sah sehr nachdenklich aus, als ihm der Tee serviert wurde. Ja, wo fuhr seine Frau wirklich hin? Ob er einen Privatdetektiv engagieren sollte? Aber nein, der Gedanke widerte ihn an. Also gut, wenn es denn sein mußte, lieber ein zweites Kind!

Mrs. Flint aber ging wie jeden Morgen zuerst in den Pausenhof der Schule, um gleich in der großen Pause ihre Amy in die Arme zu schließen! Sie war nicht die einzige Mutter, viele Eltern kamen; dann war die Woche nicht so lang, die Trennung nicht so schmerzlich, bis die Kinder ein Wochenende nach Hause durften. Viele Kinder blieben auch am Wochenende in der Schule. Ihre Eltern wohnten zu weit weg oder hatten keine Zeit. Amy brachte am Anfang des Schuljahres ein paar kleine Freundinnen mit nach Hause, aber die Kleine war klug genug, um zu bemerken, daß dies ihrem geliebten Papa nicht recht war. Ihr Vater war ihr Ein und Alles!

»Und gib Papa einen Kuß von mir!«, sagte die Kleine auch an diesem Morgen zum Abschied.

Dann rannte sie fröhlich mit den anderen Kindern zurück ins Schulhaus, lernen für das Leben!

Langsam und in Gedanken vertieft, fuhr die junge Mrs. Flint zur Bibliothek, wie jeden Tag. Sie hatte dort ihren festen Platz. Sie trug sich in das Benutzerbuch ein, nickte der Aufsicht, einer älteren Dame in grauem Seidenkleid, freundlich zu und ging leise zu ihrem Platz, um keine Leser zu stören.

Dort lagen dicke medizinische Bücher. Sie suchte darin eine Erklärung für das Verhalten ihres Mannes. Warum mied er sie? Warum? Warum eigentlich waren sie noch beisammen? Sie wußte es nicht mehr. Ob er unglücklich war, an sie gebunden zu sein? Sollte sie ihn verlassen? Nach Amerika gehen oder – sie wagte kaum, es zu denken – oder zu Dr. Grant? Die Begegnung bei Amys Schulbeginn hatte sie nicht vergessen. Also, heute konnte sie nicht lesen, nein, auch nicht zur Börse fahren und dann mit Mr. Whiteman telefonieren, wie sonst nahezu jeden Tag. Auf diese Weise hatte sie eine ›Gnadenfrist‹. Sie hatte heute noch nicht gehört, was in Amerika passiert war. Und diesem Zufall eigentlich verdankte sie später ihren Sohn!

Denn an diesem Abend kam Dr. Flint in ihr Zimmer. Und zum erstenmal in dieser seltsamen Ehe weinte die junge Frau in seinen Armen.

VERHAFTET

Das Unheil kam aus Amerika. Dr. Jesse aus Santa Barbara nämlich – wir haben lange nichts von ihm gehört – wurde von einem eifersüchtigen Ehemann angeschossen. Eine bedauerliche Tatsache. Schlimmer aber war, daß er alsbald die Kriminalpolizei in seiner Privatklinik hatte. Und das sollte für ihn der Anfang vom Ende seiner so mühsam aufgebauten, falschen Existenz werden. Die Beamten fanden erstaunlich schnell mehr heraus, als sie eigentlich gesucht hatten.

Zunächst stellten sie nahezu mühelos fest, daß Name, Stand und Titel von Dr. Jesse falsch waren. Er war schlichtweg ein Deserteur aus der Fremdenlegion. Die medizinischen Kenntnisse stammten aus Lazarettdienstzeiten. Das war schon schlimm genug. Verhängnisvoll wurde es allerdings, als man einen kleinen Vorrat eines äußerst seltenen orientalischen Nervengiftes bei ihm entdeckte. Er wurde pausenlos verhört, ohne Rücksicht auf seine Schußverletzung. Er war kein starker Charakter, er hielt dem Druck nicht stand. Man fand ihn am anderen Morgen tot auf.

Todesursache war eben jenes Gift mit dem Codenamen »X/30«. Der junge, ehrgeizige Kriminologe aber befragte den Kriminalcomputer und stieß auf ähnliche Todesfälle. Seltsam, dieses Gift gehörte zu Militärbeständen, die früher in einem Dschungelkrieg hätten eingesetzt werden sollen. Soweit bekannt, waren damals alle Vorräte sichergestellt worden. Eben alle, außer dieser kleinen Menge, die Dr. Jesse abgezweigt hatte. Ach, wie interessant, da gab es einen Todesfall in Australien, 1954. Einen Pastor – wie war noch der Name? Oh, ja, Pastor William Stone. Dann nichts, viele Jahre. Aber man würde die Leichen exhumieren, bei denen Dr. Jesse den Todesschein ausgestellt hatte. Es war nur Routine, mühsame Kleinarbeit, aber lohnend. Man stieß auf John Brown, gestorben 1961 in Santa Barbara. Totenschein ausgestellt von Dr. Jesse. Herzversagen? Man würde sehen. Man sah – nach der Exhumierung. Eindeutig eine Vergiftung mit X/30! Dann wieder jahrelang nichts.

Bis zu jenem Fall im Hafen von England, auf dem Luxusdampfer, 1965. Eine junge Krankenschwester, offenbar Selbstmord, oder? Sie war natürlich seziert worden. Todesursache eindeutig X/30. Aber sie hatte einen Gehirntumor. Also doch Selbstmord? Gab es einen Zusammenhang? Der Kriminologe ließ nicht locker. Er fand heraus, daß Mr. Brown, jener John Brown, der 1961 in Santa Barbara gestorben war, ein riesiges Vermögen hinterlassen hatte.

Es war nur eine Frage der Zeit, bis in Mr. Whitemans klimatisiertem Büro zwei unauffällige, elegant gekleidete Herren erschienen. So dezent, daß Mr. Whiteman sofort hellhörig wurde. So, da hatte man es, die Kriminalpolizei! Erkundigungen über das Erbe von Mr. Brown. Mr. Whiteman war alarmiert. Auch seine Existenz war hier bedroht. Wohl oder übel mußte er jedoch aussagen.

»Ja, Mrs. Brown ist die Alleinerbin.« Wann er sie zuletzt gesehen hatte? »Ja, 1965. Ehe sie nach England ausreiste. Ja, ganz recht, auf diesem Luxusliner. Im Sommer 1965.«

Die Beamten notierten alles. »Vielen Dank, Mr. Whiteman. Sie haben uns sehr geholfen«, meinte einer von ihnen. »Und, ach ja, wo hält diese Mrs. Brown sich derzeit auf?«

Der Kriminologe notierte die Adresse: Im Sanatorium Dr. Flint, Privatklinik, in der Nähe von London.

»Und«, meinte der andere, »wie war doch gleich der Mädchenname von Mrs. Brown?«

Der junge, ehrgeizige Kriminologe pfiff durch die Zähne, als Mr. Whiteman wahrheitsgemäß antwortete: »Geborene Stone aus Australien, ja, aus Sydney. Die letzten Bankauszüge gingen regelmäßig an Dr. Flint, ihren Ehemann.«

Das genügte der Kriminalpolizei. Es war wiederum nur eine Frage der Zeit, bis die Beamten von Scotland Yard in der Klinik von Dr. Flint auftauchten. Er hatte es immer gewußt, immer geahnt. Jetzt aber, war es schlimmer als alles, was er innerlich immer befürchtet hatte.

»Dr. Flint«, sagte einer der Kriminalbeamten, »leider müssen wir Ihre Frau verhaften. Ja, wegen des Verdachts auf zweifachen Mord!«

Dr. Flint wurde blaß. Eins wußte er schon jetzt: es war das absolute Aus. Das Aus für das riesige Vermögen und auch das Aus für seinen Ruf. Der Ruf, das Ansehen der Klinik ... Die Oberschwester, sein stiller Schatten, war natürlich anwesend. Auch sie wußte es. Auch sie war leichenblaß, als sie den beiden Kriminalbeamten ins Wohnhaus der Flints hinüber folgte.

Die junge Frau saß am Flügel. Sie spielte eine Sonate von Beethoven. Sie spielte wundervoll. Es war ein bezauberndes Bild. Die blühende, schöne Frau mit dem hochgekämmten Goldhaar. Die Kriminalbeamten blieben an der Tür stehen und lauschten ihr. Sie hatten ja Zeit – sie würde so bald nicht mehr spielen können. Antony Flint aber nahm so, von weitem, Abschied von der Frau, die seine Frau gewesen war, und der er das viele Geld verdankte. Nein, das hielt er nicht aus; er konnte ihr nicht gegenübertreten. Er drehte sich einfach um und ging mit hängenden Schultern zurück in seine Klinik. Weg von ihr, für immer!

Die junge Frau aber hörte die Geräusche hinter sich. Sie wandte den Kopf halb um.

»Bist du es, Antony, mein Liebster? Hör nur, nur noch den Schluß! Es ist gleich fertig.«

Der Kriminalbeamte trat vor. »Dann müssen wir Sie bitten, gnädige Frau, auf den Schluß zu verzichten.«

Sie sprang erstaunt auf. »Antony, wo ist mein Mann? Ist etwas passiert?«

»Harriet Brown«, sagte der Beamte, »Sie sind verhaftet wegen Verdachts auf zweifachen Mord. Sie haben das Recht, einen Anwalt zu verlangen. Alles, was Sie sagen, kann vor Gericht gegen Sie verwandt werden.«

Da war sie, die Stunde der Wahrheit. Mrs. Flint stand ganz still. Wo war Antony? Wußte er es schon? Sie begriff sofort, daß er sie schon aufgegeben hatte. Er war aus ihrem Leben gegangen, er hatte sie nie geliebt! Nur das zählte.

»Oberschwester«, sagte sie mit zitternder Stimme, »kümmern Sie sich um Amy und um meinen Mann.« Die weißhaarige Oberschwester umarmte sie weinend.

›Ich halte zu dir, Kind‹, wollte sie eigentlich sagen, aber es war wohl besser, wenn sie schwieg. Dr. Flint war ihr unehelicher Sohn! Sein Vater, Professor Flint, hatte ihn damals rechtzeitig adoptiert. Nein, das brauchte niemand zu wissen; der Skandal würde schon so groß genug sein.

DIE STUNDE DER WAHRHEIT

Eines freilich stimmte. Der Skandal war perfekt! Verhöre, Gerichtsverhandlungen, Zeugenvernehmungen. Nach und nach begriff Mrs. Flint, in wessen Rolle sie da geschlüpft war. Zu Beginn zog sie es vor, zu schweigen. Sie war wie versteinert, ja völlig verzweifelt. Sie hörte kaum, was man ihr alles vorwarf. Antony war nicht da. Er wäre auch nicht gekommen, um sie zu sehen, selbst wenn er sie hätte besuchen dürfen. Nur das zählte.

Der Richter brachte sie endlich zur Besinnung: »Worauf warten Sie, Mrs. Flint? Wehren Sie sich, wenn Sie können. Es geht hier um Leben und Tod!«

Dieses Wachrütteln half! Sie kam zu sich. »Ich bin nicht Harriet!«, erklärte Mrs. Flint. »Ich bin Susan Rangsdorf!«

»Na endlich!«, sagte der Haftrichter. »Bitte erzählen Sie. Lassen Sie nichts aus, erinnern Sie sich an jede Einzelheit!«

Mrs. Flint erzählte. Von ihrer schweren Jugend, zusammen mit ihrem Bruder, von ihrer Ausbildung in England, von der Schwesternschule, von ihrem Pech im Examen.

»Weil Sie verliebt in Ihren Prüfer waren?«, fragte der Richter erstaunt.

»Ja«, antwortete die junge Frau, »Herr Richter. Ich war noch sehr jung und zum ersten Mal verliebt. Es war eben überwältigend, verstehen Sie?«

Oh je, diese junge Frau fing an, sympathisch zu werden. »Bitte, Mrs. Flint, fahren Sie fort.«

Der Richter schloß die Augen, um intensiv zuzuhören. Er konnte es sich direkt vorstellen, diese Begegnung auf dem Schiff: zwei Frauen, sehr ähnlich, aber so verschiedene Lebensumstände.

»Also, wie war das? Anhand der Wappenringe stellten Sie ihre Verwandtschaft fest, Mrs. Flint? Haben Sie den Ring bei sich?«

»Ja, Euer Ehren!« Die Angeklagte durfte vortreten. Sie zog ihren hellgrünen Wappenring von ihrem linken Ringfinger und zeigte ihn dem Richter.

»Sehr hübsch, wirklich. Das Wappen Ihrer Familie?«, fragte der Richter.

»Das Wappen der Schmettows«, antwortete Susan. »Meine Urgroßmutter, Viktoria Rangsdorf aus Schlesien, die wiederum Mrs. Browns Großmutter war, war eine geborene Gräfin Schmettow. Alle in dieser Familie trugen diesen Wappenring als Trauring. Ich bekam ihn von meinem Vater, Mrs. Brown hingegen von ihrer Mutter. Eine Rose und eine Lilie – das gleiche Wappen, Sinnbilder für Liebe und

Tod. Darunter, in fein verschnörkelten Buchstaben, die Inschrift in altdeutscher Sprache: »Die Liebe ist stark wie der Tod!«

»Sehr schön«, brummte der Richter. »Hatte diese Inschrift eine Bedeutung?«

»Es gab eine alte Familiengeschichte«, fuhr Mrs. Flint fort. »Ein Vorfahre, der Graf Schmettow, wurde durch die große Liebe seiner Frau vor dem Tode gerettet. Daher stammt diese Inschrift.«

›Tragisch‹, dachte der Richter, ›das scheint es heute nicht mehr zu geben. Offenbar versucht heute kein liebender Ehemann mehr, seine Frau zu retten.‹

»Weiter, Mrs. Flint«, sagte er rauh, »was geschah dann?«

»Wir spielten abends meistens Schach in unseren Kabinen und tranken oft ein Glas Wein oder Sekt dabei«, erzählte Mrs. Flint. »Am letzten Abend spielten wir nicht, wir saßen aber an dem Schachtisch. Ich bemerkte, daß der Schachtisch umgedreht worden war.«

»Wie bemerkten Sie das, Mrs. Flint?«

»An einem kleinen roten Fleck aus Nagellack.«

Die Anwesenden lachten.

»Ruhe bitte, sonst lasse ich den Saal räumen! Erklären Sie das näher, Mrs. Flint.«

»Die Tischplatte war drehbar. Auf Knopfdruck«, erzählte sie. »Wir hatten gefüllte Weingläser vor uns stehen. Oder war es Sekt? Plötzlich war der Nagellackfleck weg. Mrs. Brown sah wohl nicht sehr gut. Sie trug ja außerdem immer die dunkle Brille und hatte Schwierigkeiten mit ihren Augen. Darum wollte sie ja auch in die Klinik von Dr. Flint. Vermutlich merkte sie daher auch nicht, daß ich die Tischplatte wieder umdrehte. Ich tat es ganz instinktiv, eigentlich nur der Ordnung halber, verstehen Sie? Ich war als Lernschwester so auf Ordnung gedrillt, daß ich den Fleck wieder an derselben Stelle haben wollte. Ich wollte dann morgens wirklich versuchen, ihn mit Nagellackentferner zu entfernen.«

Der Richter schwieg und dachte nach. Es konnte stimmen, so unwahrscheinlich es auch war. Sein langes Leben hatte ihn gelehrt, daß die unwahrscheinlichsten Storys zuweilen doch wahr sein konnten.

»Weiter, Mrs. Flint«, sagte er endlich. »Was geschah dann?«

»Harriet trank ihr Glas aus und plötzlich fiel das Glas zu Boden. Aber es zerbrach nicht. Und ich sah, daß sie nicht mehr atmete.«

»Noch einmal, Mrs. Flint. Warum drehten Sie die Tischplatte zurück? Hatten Sie denn einen Verdacht?«

Sie dachte lange nach. »Ich weiß nicht recht. Es war wegen diesem verdammten Fleck. Und außerdem hatte ich plötzlich Angst. Wie ein siebenter Sinn.«

»War es nicht vielmehr so, daß Sie Gift in Ihr eigenes Glas schütteten und die Tischplatte drehten, damit Ihre Kusine es tränke?«

»Nein! Nein, Euer Ehren!« Mrs. Flint war aufgesprungen, schüttelte ihren Kopf. »Nicht, nein! Das wäre ja verrückt!« Sie erstarrte fast vor Entsetzen.

»Ganz recht, Mrs. Flint! Das wäre dann der dritte Mord, wegen dem wir Sie anzuklagen hätten!«

Sie schwieg erschöpft. Aller Mut verließ sie. »Aber warum? Warum hätte ich so etwas Schreckliches tun sollen?«

»Das fragen wir Sie, Mrs. Flint, alias Mrs. Brown«, antwortete der Richter. »Warum töteten Sie Ihren Vater? Warum Ihren Ehemann?«

»Wie denn, Euer Ehren?«, fragte Mrs. Flint fast lautlos.

Der Anwalt schaltete sich ein: »Meine Mandantin ist erschöpft. Ich beantrage die Vertagung. Und ich beantrage die Vorladung folgender Zeugen ...«.

Es war eine unendlich lange Liste von Zeugen. Und entsprechend lange saß Mrs. Flint in ihrer Zelle. Antony besuchte sie nicht. Das traf sie zutiefst. Kein Wort, keine Erklärung – er war einfach gegangen. Aus ihrem Leben gegangen, als hätte es sie nie gegeben. ›Er hat mich nie geliebt‹, dachte sie traurig. ›Es hat sich alles nicht gelohnt.‹

Auch der Gedanke an Amy war kein Trost. ›Ich werde verurteilt werden. Besser, das Kind vergißt mich.‹ Es war ein erzwungenes, gestohlenes Glück.

Aber das Schlimmste stand ihr noch bevor.

Es gab wieder endlose Verhöre, Gegenüberstellungen mit Männern und Frauen, die sie nie gesehen hatte. Endlich wurde sie zurück in ihre Zelle geführt.

Als die Angeklagte den Saal verlassen hatte, sagte der Richter:»Nun, Mr. Whiteman, war das Mrs. Brown?«

»Schwer zu sagen«, antwortete Mr. Whiteman, nachdem er seine Brille ordentlich geputzt hatte und sich den Schweiß vom Kopf wischte. Die Sache strengte ihn an. Er sehnte sich nach seinem gutklimatisierten Büro im fernen Los Angeles. Dies hier war ja ein Alptraum.

»Sie müssen bedenken, Euer Ehren«, fuhr er fort, »ich habe sie sehr selten gesehen. Zuletzt vor sieben Jahren. Wir haben nur schriftlich und telefonisch miteinander zu tun gehabt. Aber«, fuhr er fort, »sie ist zumindest Mrs. Brown sehr ähnlich. Dieselbe Figur, dasselbe wunderbare blonde Haar, dieselben Augen. Allerdings wirkt sie jünger. Aber wer kennt sich da schon aus, bei den Möglichkeiten der Damen? Nein, ich kann es wirklich nicht mit letzter Sicherheit sagen. Ich bin außerordentlich erschüttert!«

Alle acht Stone-Brüder aus Australien wurden geladen. Und sie kamen nacheinander, alle acht. Mrs. Flint wurde jedem von ihnen einzeln gegenübergestellt. Die Angeklagte reagierte auf keinen von ihnen auch nur mit dem geringsten Zeichen des Erkennens.

Der Richter beobachtete sie genau. Die acht Pastoren aber schüttelten bedauernd die Köpfe: »Schwer zu sagen, nahezu unmöglich nach so vielen Jahren, aber so könnte sie heute durchaus aussehen«, war die einheitliche Meinung der Brüder. Sie glich ganz und gar der verstorbenen Mutter.

»Ach ja«, sagte zuletzt der älteste Pastorensohn, »sollte die Angeklagte freigesprochen werden und dann nicht wissen, wohin – bei uns ist sie immer willkommen. Sie könnte immerhin unsere Schwester sein. Der Anteil des Erbes unseres verstorbenen Vaters liegt auf der Bank von Sydney. Ich meine«, fügte Pastor Stone erklärend hinzu, »das sind wir unseren Eltern schuldig. Harriet war minderjährig, als das mit unserem Vater passierte. Und wer weiß, wie das alles wirklich gewesen ist. ›Mein ist die Rache‹, spricht Gott.«

»Nun ja, das ist sehr lobenswert, Pastor Stone«, erwiderte der Richter. »In diesem Fall ist es aber meine Aufgabe, Recht oder Unrecht herauszufinden. In diesem Fall kann ich es nicht Ihrem obersten Chef überlassen.«

Damit waren die Pastoren entlassen. Es ist nicht bekannt, ob sie sich bis zum Ende des Prozesses in England aufhielten oder gleich zu ihren Gemeinden in Australien zurückkehrten. Der Richter aber war immerhin beeindruckt. Er begann zumindest die Möglichkeit in Erwägung zu ziehen, daß die Angeklagte auch unschuldig sein könnte.

Der nächste geladene Zeuge ließ lange auf sich warten. Es war jener Professor aus Los Angeles. Und Mrs. Flint schmachtete weitere zwei Monate in der Zelle, ehe die Verhandlung fortgesetzt werden konnte. Sie war ziemlich blaß und eigentlich am Ende ihrer Kräfte, als sie endlich ins Besucherzimmer geführt wurde.

»Mrs. Flint«, sagte der Richter gespannt, »kennen Sie diesen Mann?«

Sie richtete ihre blauen Augen gespannt auf ihn, einen großen, sehr alten Mann, mit dünnem, schneeweißem Haar und einer goldenen Brille.

»Bedauere, Euer Ehren«, sagte sie müde, »ich kenne den Herrn nicht. Oh, verzeihen Sie.« Sie wischte die Tränen ab, die unwillkürlich über ihr Gesicht liefen. »Ich hatte gehofft, es könnte mein Bruder sein, der hier im Besuchszimmer auf mich wartete. Mr. Whiteman schickte ihm regelmäßig einen Scheck, er kann Ihnen seine Adresse sagen.«

»Wir werden Ihren Bruder schon finden«, tröstete sie der Richter mit unbewegtem Gesicht.

»Nun, Professor«, fragte er gespannt, als die Angeklagte den Raum verlassen hatte.

»Ja«, sagte der alte Professor nachdenklich, »äußerlich ist es nahezu unmöglich, einen Unterschied zu jener Mrs. Brown zu finden. Die Angeklagte gleicht ihr ganz und gar. Nur ...«

»Ja, Professor?«

Er fuhr fort: »Die Angeklagte ist eine Dame«, sagte der Professor bedächtig, »und sie ist klug. Mrs. Brown jedoch war – nun –, sie gab sich zwar sehr dezent. Aber sehen Sie, einen alten Doktor täuscht man nicht so leicht. Klug war sie nicht und sie war auch keine Dame!«

»Wohl eher eine Hure, wie?«, fragte der Richter grimmig.

»Das haben Sie gesagt«, meinte der alte Professor bedächtig. »Es ist eben der Gesamteindruck. Aber da waren doch die Röntgenbefunde, die Tomographie des Gehirns. An einer derartigen Diagnose könnte doch Mrs. Brown identifiziert werden. Und außerdem, wenn meine Diagnose stimmte, könnte Mrs. Brown nicht mehr am Leben sein. Dr. Flint allerdings, mein Kollege aus London, verneinte meine Diagnose damals. Kein Wunder, wenn es tatsächlich eine andere Frau war!«

»Danke, Herr Professor, Sie haben uns sehr geholfen!«, meinte der Richter. »Wir werden Ihre

Befunde nochmals mit denen der Pathologie vergleichen, bei denen jene Tote auf Schiff seziert worden war.«

Die Sache machte keine Fortschritte. Abends trank Haftrichter Mount seinen geliebten Rotwein. Auf seinem Schreibtisch häuften sich die Papiere. Es änderte sich nichts. Nur, daß die Akte über Mrs. Flint immer dicker wurde.

»Ihr Mann ist ein Scheißkerl«, sagte der Richter zu seiner Frau. »Er muß doch die Befunde aus Los Angeles kennen.«

»Aber er erbt, Mounty«, sagte Violet lächelnd. Der Richter starrte sie an. Seine kleine, gutmütige, runzlige Frau, sie hatte ja eine Lösung!

»Diese Erkenntnis hat uns gefehlt!«, rief er lebhaft. »Ich danke dir, Violet!« Jetzt war klar, weshalb Dr. Flint schwieg. Wartete und schwieg. Als Ehemann von Harriet erbte er ein Vermögen, wenn sie – nun ja – mit dem Tod bestraft wurde. Einer Betrügerin, einer Schwester Susan Rangsdorf hingegen, gehörte gar nichts! Und er erbte nichts! Nur, was half das der Angeklagten? Die Tatsache, daß damit Dr. Flint zum Erbschleicher gestempelt wurde, machte Mrs. Flint noch längst nicht unschuldig. Nein, so war es nicht zu beweisen, ob sie nun Harriet oder Susan war.

»Ließ doch einmal selbst den Bericht der Klinik aus Los Angeles, Mounty«, ließ sich Violet vernehmen. »Vielleicht findest du dort etwas Neues, was alle anderen übersehen haben.«

Er las und las, doch er fand die Lösung nicht. Eine ganz und gar unsinnige Geschichte. Warum, um alles in der Welt, hätte Harriet diese Kusine umbringen sollen? Um in ihre Identität zu schlüpfen? Das war nachvollziehbar. Aber das viele Geld, auf das konnte sie doch nicht einfach verzichten! Nein, das machte alles überhaupt keinen Sinn.

Dann kam die nächste Gerichtsverhandlung. ›Schade‹, dachte der Richter, ›ich werde sie verurteilen müssen. Die Geschworenen werden sie zweifellos schuldig sprechen. Und trotzdem glaube ich, daß sie unschuldig ist.‹ Wenn doch Pastor Stone recht hätte und Gott sich selber einschalten würde. Aber darauf konnte man sich schließlich nicht verlassen. Daher war er – wie wir am Anfang hörten – direkt erleichtert, als die Gerichtsverhandlung durch die Ankunft von Dr. Grant und dem Anwalt Rangsdorf aus Deutschland gestört wurde.

Ja, der Richter war direkt erleichtert, denn Pastor Stone hatte vielleicht doch nicht so unrecht.

»Also, Dr. Grant«, begann er, »Sie sagten am Telefon, Sie hätten völlig neue Beweise. Wollen Sie diese bitte vorlegen?« Die Anwesenden im Saal hielten aus den verschiedensten Gründen nahezu den Atem an. »Können Sie beweisen, daß Mrs. Flint nicht Harriet ist?«

»Ja, Euer Ehren«, sagte Dr. Grant. Und es war so still im Saal, daß man seine ruhige, klare Stimme bis in die letzte Bankreihe hören konnte. Auch ganz hinten, in der letzten Reihe, wo die Oberschwester saß und ununterbrochen weinte.

Dr. Grant fuhr fort: »Da gibt es doch diesen Bericht aus der Klinik in Los Angeles, darin steht schwarz auf weiß, daß bei Harriet Brown eine Uterus-Totalextirpation vorausgegangen ist. Es war ein verstümmelnder Eingriff. Eine solche Frau kann niemals ein Kind bekommen! Mrs. Flint aber hat eine reizende kleine Tochter von bald sieben Jahren. Und soweit ich mir von weitem eine Diagnose erlauben kann, wird sie alsbald ein zweites Kind haben!«

Der Tumult war überwältigend. Die Angeklagte schien erneut ohnmächtig zu werden. Aber nein, sie hielt sich aufrecht. Sie stand da und starrte Antony Flint an, ihren Mann. »Du hast es gewußt?«, sagte sie leise, kaum vernehmbar in seine Richtung. »Du hast es die ganze Zeit gewußt! Und du hast mir nicht geholfen? Du hast mich hier monatelang in der Zelle gelassen! Mit all der Angst! Warum, Antony? Warum haßt du mich so?«

»Beruhigen Sie sich, Mrs. Flint«, sagte der Richter. »Wir sind noch nicht fertig. Natürlich hat er es gewußt, der Mann, für den Sie alles getan haben. Vielleicht sogar einen Mord! Nein! Bitte keinen

Tumult. Wir kommen gleich zu diesem Punkt. Nur, das eine müssen Sie verstehen: Für Dr. Flint mußten Sie Harriet Brown sein, verstehen Sie? Sie mußten, sonst war Ihr Vermögen für ihn verloren!«

»Unsinn«, rief Mrs. Flint, »ich bin doch Harriets Erbin. Ich habe doch das Testament!«

Der Tumult war jetzt nicht mehr zu beherrschen. Der Saal mußte geräumt werden. Der Richter nahm einen Schluck Wein.

»Als erstes …«, er hatte Mühe, gehört zu werden, »…als erstes verhafte ich Dr. Flint wegen Zurückhaltung von Beweismaterial!«, ließ er vernehmen.

Dr. Flint reagierte gar nicht, als er hinausgeführt wurde. Es war zuviel für ihn.

»Zum zweiten aber, Mrs. Flint«, sagte er streng, »warum haben Sie das Testament verschwiegen? Das ändert ja alles! Allerdings, da ist die Möglichkeit eines dritten Mordes; denn dann, meine liebe Mrs. Flint, dann hatten Sie ein Motiv! Sie brachten Ihre Kusine um, damit Sie erbten und als reiche Frau Ihren geliebten Dr. Flint einfangen konnten. War es nicht so?«

»Nein«, rief Mrs. Flint, »nein! nein! Es war umgekehrt. Ich weiß es jetzt! Harriet wollte mit meiner Identität frei von Morden und mit ihrem eigenen Geld weiterleben.«

Dr. Grant meldete sich zu Wort:»Dem Gericht, Euer Ehren, ist zweifellos bekannt, auf welche

Weise Harriet Brown die beiden ersten Morde beging. Sie würde, wenn sie es tat, vermutlich auch den dritten Mord auf die gleiche Weise begangen haben. Wie und was sie benutzte, konnte aber Mrs. Flint nicht wissen. Also, wenn wir die Tatwaffe, in diesem Fall also das Gift – die bekannte Waffe der Frauen – finden, und es identisch ist mit dem Mittel der beiden ersten Morde, sehen Sie dann Mrs. Flints Unschuld als erwiesen an?«

»Ja, wenn ...«, meinte der Richter nachdenklich. »Wie sollen wir das Mittel finden? Susan, sind Sie vernehmungsfähig?«

Susan saß zusammengesunken auf ihrem Platz, aber sie war gespannte Aufmerksamkeit.

»Erstens, Mrs. Flint, wo ist das Testament? Und zweitens, wo könnte Harriet Brown das Gift versteckt haben? Denken Sie nach, Mrs. Flint! Sie sind noch nicht gerettet. Ihre Freiheit, Ihr Leben hängt davon ab!«

Susan antwortete erstaunlich schnell: »Vermutlich in dem weißen Krokotäschchen, das sie damals bei sich trug, als wir in der Schiffskabine zusammen Schach spielten. Darin steckte auch jenes Testament. Ich habe es nie wieder angesehen. Das Täschchen steht oben rechts in meinem Wäscheschrank.«

Die alte, weißhaarige Schwester aus der letzten Reihe erhob sich zu Wort.

»Ja, bitte? Treten Sie vor, Madame.«

Es war die Oberschwester.

»Darf ich die Tasche holen, Euer Ehren?«, fragte sie, noch immer weinend. »Dr. Grant könnte mich in die Klinik begleiten.«Der Richter nickte. Susan war tief betroffen. Sie hatte die Oberschwester nie gemocht, und jetzt half sie ihr.

»Mrs. Flint«, sagte der Haftrichter, als er mit ihr allein war, »das war ein schrecklicher Fall, auch für mich!«

Susan konnte nur nicken. Sie war zu schwach, zu kaputt, zu müde. Aber da stand ihr Bruder.

»Richard«, sagte sie leise, »hast du meinen Scheck jeden Monat bekommen?«

»Ja, Susan«, erwiderte er. »Ich hatte keine Ahnung, woher er herkommt. Habe Mut, bald ist deine Unschuld bewiesen. Das hier ist bald vorbei!«

»Für mich ist alles vorbei, Richard«, erwiderte sie schwach. »Mein Mann ...«, sie brach ab. Was gab es da noch zu sagen? Dr. Grant war schnell zurück. Er reichte Richter Mount das Täschchen. Darin befand sich, ordentlich gefaltet, das Testament. Außerdem ein Spitzentaschentuch und ein kleiner Parfumflakon, sonst nichts! Dr. Grant aber gab sich nicht so schnell geschlagen. Er drehte und wendete das Täschchen, und da – natürlich – es gab ein winziges, fast unsichtbares Fach an der Innenseite, unter dem seidenen Futter. Und darin steckte tatsächlich ein winziges Plastikfläschchen, etwa halbvoll, mit einer dunklen, klaren Flüssigkeit.

»X/30«, sagte der Richter, fast andächtig. »Damit hätte Harriet fast noch ihre gesamte Familie in Australien ausrotten können. Aber davon wußte Mrs. Flint wahrhaftig nichts! Ich sehe Ihre Unschuld als bewiesen an und plädiere für Freispruch!«

Mrs. Flint wandte sich an ihren Bruder: »Übernimmst du die Verteidigung für meinen Mann? Und sorgst du dafür, daß er gegen Kaution freikommt, Richard«, bat sie. »Sein Ansehen, sein guter Name, seine Existenz und seine Klinik stehen auf dem Spiel.«

»Mrs. Flint«, fragte der Richter erstaunt, »wollen Sie denn bei Ihrem Mann bleiben?«

»Das wird leider nicht gehen«, antwortete Susan traurig. »Das wird sein Stolz nicht zulassen. Ich freilich, ich könnte es. Ich liebe ihn ja immer noch!

Und Sie wissen, was auf meinem Ring steht: ›Die Liebe ist stark wie der Tod!‹.«

NACHSPIEL

Etwa zwei Monate später geleitete Dr. Grant Susan zu einem Schiff, das im Hafen bereitlag. Die kleine Amy sprang fröhlich vor ihnen her. Ihre Ehe mit Antony Flint war für ungültig erklärt worden. Seine Klinik, sein Ansehen, sein Ruf waren gerettet. Es lag alles hinter ihnen.

»Susan«, sagte Dr. Grant, »haben Sie es sich überlegt? Ich meine, Sie haben jetzt ausgiebig geprüft, wie es ist, wenn Sie einen Mann lieben. Wollen Sie es nicht auch einmal umgekehrt versuchen? Ich meine, wenn Sie geliebt werden. Oder muß ich noch zehn Jahre warten, bis Ihre kleine Amy erwachsen ist?«

Susan blieb stehen. »Nein, Dr. Grant. Sie sollen nicht noch zehn Jahre warten. Es ist nur … ich bin so am Ende, so kaputt, verstehen Sie?«

»Laß dir doch helfen, Susan«, bat er. Sie hob den Kopf.

»Gut«, sagte sie, »wir wollen es versuchen!«

»Wunderbar!«, rief er lachend. »Ich habe es gehofft. Mein Gepäck ist schon an Bord!«

Ebenso lächelte der Kapitän nach der Trauung auf hoher See. Er hatte ja schon viel erlebt, aber dieser

Dr. Grant hatte doch tatsächlich zu ihm gesagt: »Herr Kapitän, bitte trauen Sie uns auf hoher See. Das zweite Kind kommt alsbald, wir möchten das Geld für die Adoption sparen!« Und das bei Passagieren der Luxusklasse! Nun ja.

NACHSPIEL

»Sehr hübsch«, brummte Richter Mount, als er einige Monate später die frohe Anzeige von Doktor und Mrs. Grant per Air-Mail zugeschickt bekam. »Es ist also ein Sohn. Möchte wissen, was der alte Dr. Flint dazu sagt.«

»Ein entzückendes Baby«, meinte Violet, die ganz verliebt auf das reizende Photo schaute. Die glücklichen Eltern waren auch auf dem Bild.

»Hm«, meinte Richter Mount, »sie sieht ganz glücklich aus. Eher noch hübscher. Wir werden wohl nie mit letzter Sicherheit erfahren, wer sie wirklich ist!«

»Du meinst?«, fragte Violet erstaunt.

»Freilich, Violet. Letztendlich bleiben immer Zweifel. Es kann auch alles ganz anders gewesen sein, verstehst du? Ganz anders! Aber«, setzte er sinnend hinzu, »ich werde sie beobachten. Vor allem ihre Tochter! Mal sehen, wie sich die Kleine entwickelt. ›An ihren Früchten werden wir sie erkennen‹. Das steht ja schon in der Bibel.«

Und es ist durchaus möglich, daß seine Violet so ähnlich dachte, aber sie schaute auf die drei Affen aus ihrem Schreibtisch und dachte: ›Nichts sehen, nichts hören, nichts sagen. Jedem sein Glück gönnen und das eigene Glück erhalten!‹